며느리는
백년손님

며느리는 백년손님

초판 1쇄 발행   2021년 12월 15일

지은이   해날
펴낸이   정혜윤
본문디자인   김태욱
펴낸곳   SISO

주소   경기도 고양시 일산서구 일산로635번길 32-19
출판등록   2015년 01월 08일 제 2015-000007호
전화   031-915-6236
팩스   031-5171-2365
이메일   siso@sisobooks.com

ISBN   979-11-89533-89-2 (03800)

며느리는

백년손님

해날 지음

siso

전쟁같은 고부갈등,
새로운 시부모상이 필요하다

아내는 나의 부모님, 즉 시부모를 찾아뵙지 않습니다. 연락도 드리지 않습니다. 셀프효도 13년 차라 이제는 그럭저럭 이런 관계에 익숙해지고 있었습니다. 어느 날, 대학교에 입학한 아들에게 사귀는 여자친구가 있다는 것을 알게 되었습니다. 아들의 연예 소식을 듣고는 깨달았습니다. 우리가 시부모가 될 날이 곧 온다는 사실을 말이죠. 물론 아들이 결혼하기엔 아직 이른 나이지만 확신할 수도 없었습니다. 미리미리 준비하는 수밖에요. 과연 이런 상황에서 며느리가 들어온다면 우리는 어떻게 아니, 어떤 마음으로 대해야 하나 고민하기 시작했습니다. 며느리 입장에서 쓴 책과 인터넷에 올라온 고부갈등에 대한 글을 보면서 이런 생각이 들었습니다. '고부간의 갈등처럼 보이지만 실상은 인간관계의 문제'라는 것을 말이죠. 어떤 며느리는 오히려 처가보다 시가가 더 편하다는 경우도 있습니다. 왜냐고요? 사람이라면 누구나 자신을 인정하고 존중해 주는 사람에게 더 끌리기 마련이기 때문입니다. 결국 사람과 사람, 즉 관계의 문제이지 시월드의 문제가 아니라는 겁니다.

한 가정에서 고부갈등이 생겼다면 이것을 해결할 수 있는 열쇠는 아들이 쥐고 있는 것이 아닐까 하는 생각도 들었습니다. 아들이 없어도 시부모와 며느리 사이에 상호 인정과 존중이 있다면 문제가 없습니다. 그러나 만약 어느 한쪽이라도 그렇지 않다면 아들이 중간에서 교류를 제한해야 합니다. 결국 저희 집도 제가 셀프효도를 시작한 후부터 불필요한 스트레스의 교환이 사라졌습니다.

그러나 아들 입장에서 부모 눈치에 이 같은 결정을 하기까지 망설일 수 있겠다는 생각이 들었습니다. 저도 안 좋은 일을 모두 겪은 뒤에야 결론을 내렸으니까요. 그렇다면 고부갈등에 지친 며느리가 시댁에 안 가는 것보다 오히려 연장자인 시부모가 오지 말라고 하면 어떨까요. 시부모도 오히려 덜 서운하지 않을까요? 우리가 아들에게 바라는 건 무엇인가요, 행복 아닌가요? 며느리의 부모님도 역시 마찬가지입니다. 저도 둘째가 딸이거든요.

　저희 집에서의 고부갈등은 저희 부모님의 말과 행동이 원인이 되었습니다. 저로서는 답답하지만, 결코 바꿀 수 없는 것이었습니다. 행복이라는 단단한 모래성이 말라가면서 스멀스멀 무너지고 있었지만, 부모님은 전혀 이해하시거나 받아들이시지 못했습니다. 이해합니다. 평생을 그렇게 사셨으니까요. 그래서 두 분도 숱하게 싸우셨고, 서운할까 싶어 빼놓지 않고 자식들과도 싸우셨으니까요. 그런 분들이 남의 자식과 아무런 문제 없이 지낼 리 만무하죠. 저는 자식이니까, 내 부모니까 받아들이고 살 수 있다 해도 남의 자식인 며느리는 아니었습니다. 지금은 두 분이 예전보다 덜 싸우십니다. 아버지께서 예전보다는 어머니를 이해하기 시작하셨기 때문입니다. 상대에 대한 이해가 깊어질수록 다툼은 적어지게 마련이니까요.

　이 책은 저희 부모님과 제 아내를 험담하려고 쓴 게 아닙니다. 읽으시는 분들의 오해가 없기를 바랍니다. 이 모든 상황의 중심에는 제가 있습니다. 결국 누워서 침 뱉기입니다. 그럼에도 한여름 갑작스런 소나기처럼 '고부갈등'이라는 비를 흠뻑 맞고 나니 번쩍 드는 생각들이 있어 많은 독자와 나누기로 했습니다. 의외로 좋은 시부모가 되는 가이드나 참고할 만한 자료가 없더군요. 인터넷 게시판과 방송, 유튜브에 나온 사례들은 단편적이었고 이야기의 주인공은 대부분 약자인 며느리 쪽이었습니다. 보통 이야기의 결말은 "이혼하려고요" 또는 "더 이상 시댁에 가지 않아요"로 정리되었습니다. 며느리의 고민에 남겨 놓은 댓글도 '시어머니가 이렇게 해 주시면 좋을 텐데, 그렇게 안 하시면 좋을 텐데' 이렇게 며느리끼리 주고받는 얘기들이 많았고 시댁의 입장에서 먼저 해법을 제시하는 경우는 거의 없었습니다. 여기서 알 수 있듯 대부분의 시부모는 준비 없이 며느리를 맞이합니다. 집안을 정돈하는 준비가 아닌 마음의 준비 말이죠.

돌이켜보면 우리도 나름 튀는 세대였지만 다음 세대는 더하면 더합니다. 오히려 결혼과 관련해서는 비혼과 동거, 동성 결혼, 딩크족 등 결혼 외 다양한 가족 관계에도 관심이 많습니다. 그들은 마침내 우리의 굳센 벽을 무너뜨릴 것입니다. 어떤 흐름은 처음엔 기존 세대에게 거부당하지만 다음 세대의 사명처럼 결국 이루어지는 게 역사입니다. 이 기회에 우리 세대의 생각에 다음 세대를 가두지 않는 어른들이 많아졌으면 합니다. 저희는 고부갈등의 '피해자'였습니다. 그러다 어느새 시부모가 되어 일종의 권력을 가지게 될 입장에 서기 직전입니다. 권력을 가졌다고 '이때다' 하고 똑같은 가해자가 되어서는 안 됩니다. 2020년 대한민국을 떠들썩하게 했던 음악과 춤이 있었습니다. 바로 '범 내려온다' 입니다. "전통을 너무 이상하게 만든 거 아니야?"라는 평도 있지만, 대체로 "멋지다, 신선하다, 천재적이다" 이런 평이 다수였습니다. 이처럼 전통을 바꿔도 사람들이 좋다 하는데 악습을 바꾸면 얼마나 좋겠습니까? 지금 세대는 문화적 감성이 다릅니다. 그에 맞게 변화하지 않으면 고리타분하고 구식이라고 관심조차 주지 않습니다. 결혼에 관심을 갖지 않는 세대를 탓하기 전에 현재 그리고 미래의 시부모가 변화를 일으키는 것이 우선이 아닐까 합니다. 제 생각도 더 이상 갇힌 공간에 두지 않으려 합니다. 저는 커튼을 제치고 생각의 창문을 활짝 열어 보려 합니다. 신선한 공기와 따스한 햇살을 집안에 한껏 들여 새봄을 맞이하고자 합니다.

이 책은 새로운 시대가 요구하는 시부모상에 대한 가이드가 없어서 썼습니다. 저희처럼 상처받는 부부가 더 이상 발생하지 않기를 바라는 마음을 담았습니다. 제 부모님께는 더 이상 권해도 소용없는 책일 수 있지만, 고부갈등의 을에서 다음 세대의 갑이 될 예비 시부모분들에게 조금이나마 도움이 되었으면 하는 바람입니다.

새로운 가정을 만들어 행복하게 꾸려갈 다음 세대에게 응원과 격려를 보내줄 수 있는 시부모가 더 많아지길 바랍니다.

차례

PART 1

아내는 이제
시댁에 가지 않는다

술 마시면 대리운전,
결혼 후엔 셀프효도

효도는 나를 낳아주신 분에게 하는 행위입니다. 누구나 자신을 낳아주시고 길러주신 것만 해도 부모에게 감사함을 가져야 합니다. 그래서 저는 부모님이 살아계실 때 잘하자는 생각으로 셀프효도를 합니다. 그러나 며느리는 제 부모님께서 낳아주시지도 않았고 길러주시지도 않았습니다. 시부모에게 효도하거나 두 분을 감내할 이유가 없습니다. 이것이 팩트입니다. '술 마시면 대리운전, 결혼 후 효도는 셀프효도.' 대리효도는 며느리의 승차 거부를 부릅니다.

셀프효도란, 자신의 부모, 즉 남편은 자신의 부모, 아내는 친정 부모에게 효도한다는 뜻입니다. 며느리가 시부모에게 하는 것은 엄밀히 말해 효도가 아닙니다. 효도는 자녀가 부모에게 하는 것이기 때문입니다. 그런 경우는 대리효도라 해야 합니다. 이렇게 보면 대리효도는 자식으로서 본인이 져야 할 책임을 타인에게 지우는 것입니다.

어떤 경우는 남편은 처가에 잘하고 며느리는 시댁에 잘하는 맞효도로 합의를 보는 경우도 있다고 합니다. 교차로 대리효도를 하는 것입니다. 각자 자기 부모에게 셀프효도하는 것이 정이 없어 보인다고 해서 나온 방식입니다. 그러나 모든 가정에서 가능한 방법은 아닙니다. 시댁과 처가를 공평하게 가는 것도 쉬운 일이 아닙니다. 어느 쪽에 더 가깝게 사느냐에 따라 달라지니 말입니다. 어린 자녀가 있어서 맡아주시는 경우라면 그쪽으로 더 자주 가고 뭐 하나라도 더 챙겨드리게 되기 마련이죠. 저희만 해도 일정 기간 아들과 딸을 장모님께서 돌봐주셨습니다. 집도 장모님 소유의 다세대 주택에서 장모님은 3층, 저희는 2층에 살았습니다. 여러 모로 혜택을 받았으니 장모님께 더 잘해 드리려 하는 게 인지상정이죠.

제가 선택한 셀프효도는 며느리는 시댁에 일체 전화나 방문을 하지 않는 형태를 말합니다. 이런 형태의 셀프효도를 2008년부터 현재까지 하고 있습니다. 제 아내는 지금까지 13년간 시댁과 연을 끊고 삽니다. 이 책에서 말하는 셀프효도는 적당한 선에서 합의한 것이 아니라 저처럼 고부갈등으로 이혼에 처할 법한 가정을 지키기 위해 선택하는 극단의 셀프효도입니다.

이쯤에서 궁금해할 수 있겠습니다. 과연 셀프효도의 장단점은 무엇일까에 대해서 말입니다. 제 나름대로 13년간 셀프효도를 실천하면서 느낀 점을 정리해 보았습니다.

셀프효도의 장점

1. 고부갈등이 사라지면서 나와 아내는 스트레스를 받지 않는다. 처음엔 부모님께서 인정하지 못하셨다. 가끔 며느리 얘기가 나올 때 살짝 스트레스가 생기지만 단호하게 말씀드린다. 이 책에서 주장하는 만큼 변화할 생각이 없으시면 절대 기대하지 마시라고 말이다.

2. 아들로서 부모님과의 관계도 원만히 유지하면서 동시에 아내와도 좋은 관계를 유지할 수 있다. 아내와 시부모 문제로 싸우지 않아서 가정이 화목하다.

3. 부부가 싸우지 않으니 자녀에게도 스트레스를 주지 않는다.

4. 부모님에 대한 효를 내 능력 내에서 할 수 있다. 부족해도 자식이라 이해해주신다.

5. 가끔 전화 드리고 방문하는 것만으로도 효도다.

6. 건강하고 별문제 없이 지내는 것만 해도 효도다.

7. 이렇듯 효도가 쉬워진다.

8. 부부의 문제가 아니니 이혼하지 않고 가정을 유지하며 자녀를 내 철학대로 자유롭게 키울 수 있다.

셀프효도의 단점

1. 부모님의 선택이 아닌 나의 선택이므로 아무래도 부모님은 서운한 감정을 드러내실 수 있다.

2. 주변에서 며느리는 왜 안 오냐고 물어볼 때 불편하실 수 있다(나는 솔직하게 말씀드리라고 한다).

3. 아내가 할아버지, 할머니 댁에 가지 않는 것을 특히 어린 자녀에게는 설명하기 쉽지 않다. 큰 자녀들은 이해한다.

적어놓고 보니 단점은 사실 큰 문제가 아닙니다. 제가 셀프효도를 하게 된 이유는 고부갈등이 있었기 때문이고, 단점 1, 2번은 부모님도 어느 정도 어른으로서 책임을 지셔야 하는 부분이라고 생각합니다. 3번은 시간이 지나면 해결되는 문제라 크게 신경 쓰지 않습니다. 오히려 고부갈등으로 인해 부부가 자주 싸우고 다투는 모습을 자녀에게 보여주느니 평화로운 휴전의 상태가 교육적으로 더 낫다고 생각합니다. 남북이 휴전하지 않고 아직까지 전쟁을 했으면 '한강의 기적'은 없었을 겁니다. 이제 남은 건 '평화통일'이죠. 고부갈등을 겪는 가정에서 셀프효도는 휴전이며 언젠가 '평화로운 만남'을 기대해 볼 수 있을 겁니다.

고부갈등으로 심각한 상황에서 아내가 남편에게 셀프효도를 요구하면 남편은 왠지 아내가 자신의 부모와 거리를 두고 싶어 하거나 시댁에 소홀하게 되는 거 아닌가 하는 부정적인 생각이 들 수 있습니다. 그래서 고부갈등이 극심한 상황이라면 남편 스스로가 현재 상황과 셀프효도의 장단점을 참고해서 주도적으로 고려해 볼 필요가 있습니다. 남편은 내 가정을 지켜야 하는 의무와 책임이 있다는 것을 잊어서는 안 됩니다.

아내 속은 뒤집히고
나는 술상을 뒤엎고

　　어느 해인가의 추석 명절이었습니다. 저희는 부모님 댁에 갔지요. 누님은 시댁에 갔다가 친정에는 오후에 오기로 했습니다. 저희는 아직 처가로 출발을 못 하고 누님 식구가 오면 같이 술 한잔을 하기로 했습니다. 그때까지는 서로 작은 응어리는 있었을망정 큰 문제는 없어 보였습니다.

　　결혼은 제가 먼저 했고, 누님이 나중에 했습니다. 누님과 아내는 동갑입니다(저는 두 살 어린 연하의 남편입니다). 그래서인지 두 사람은 처음부터 말을 놓더군요. 그때는 누님이 아직 미혼이라 별문제가 생기지 않았고, 둘 사이의 금이 간 것은 누님이 결혼을 하는 순간부터였습니다. 부모님 입장에서 남매가 서로 '비교' 대상이 된 것입니다. 그날 매형은 피곤해서 다른 방에서 자느라 누님과 저 그리고 아내, 셋이서 술을 마시게 되었습니다. 명태전, 소고기산적, 삶은 닭, 나물, 나박김치 등 명절 음식을 안주 삼아 시작한 술자리였습니다. 처음엔 화기애애했습니다. 그러다 어느 순간 누나와 아내의 언성이 높아졌습니다. 일이 터진 이유는 '비빌 언덕' 때문이었습니다.

제가 결혼할 때는 부모님 수중에 돈이 없으셔서 신혼집을 구하는 데 도움을 받지 못했습니다. 처가에서 받은 보증금으로 달과 가깝다는 산동네의 전셋집에서 결혼 생활을 시작했습니다. 그런데, 5년 후 누나가 결혼할 때는 부모님께서 적은 금액이지만 전세 자금을 지원해 주셨습니다. 거기에 매형이 얼마를 더 보태서 집을 얻었습니다. 아내가 억울해하는 건 하나밖에 없는 아들에겐 한 푼도 지원해 주지 않으셨다는 부분이었습니다.

"우리 어렵게 시작했잖아."

"우리보단 낫지 않아? 우리는 시댁에서 한 푼도 안 받고 시작했는데?"

누님 입장에서 어렵게 시작했다고는 했지만, 아내는 조

22

금이라도 '비빌 언덕'이 있지 않았냐는 말이었습니다. 우리가 결혼할 당시 아버지 연세가 55세, 어머니 54세이셨고, 전셋집 하나뿐 노후 준비는 안 되어 있어서 생활비나 안 보태드리면 다행이었습니다. 꼭 바라서가 아니라 결혼 초 어려운 살림에 심리적으로 여유가 없어서 그런 상황을 받아들이기 쉽지 않았던 건 사실입니다. 게다가 이 일이 있기 전 아내가 상처를 받은 일이 있었습니다. 퇴사하고 창업한 매형의 사업이 승승장구를 해서 누님 가족이 잠실 아파트에 입주하게 되었고, 어머니와 아내가 그 집에 같이 가게 되었습니다.

"얘야, 인테리어 참 좋다."

"아, 네 어머니."

"쟤(누님)가 시집와서 사위가 잘 풀리네. 이런 집도 오고 얼마나 좋니?"

"어머니, 그럼 아들이 잘 안 되는 게 제 탓이라는 말씀이세요?"

아내가 말하길 이때 처음으로 참지 않았다고 합니다. 이런 일들이 쌓이고 쌓인 상태에서 시누이까지 서운한 마음을 몰라주니 두 사람의 대화는 점점 싸움으로 바뀌고 말았지요. 중간에서 난감해진 저는 그 순간이 천만년이나 내려오

는 지긋지긋한 싸움처럼 느껴졌습니다. '그만하라'는 제 말
은 둘 사이를 지나는 화살처럼 흔적도 없이 사라졌습니다.
그 한 마디는 과녁을 찾지 못한 채 어디론가 홀연히 사라지
고 있었습니다. 두 사람에게 그 순간 저는 투명 인간이었습
니다. 순간 화가 치민 저는 상을 뒤엎었습니다. 저의 존재를
드러낼 다른 방법이 떠오르지 않았으니까요. 제 생애 상을
뒤엎은 건 그때가 처음이자 마지막이었습니다. 그렇게 두
사람의 싸움은 멈췄고 누님은 방을 나갔습니다. 훗날 아내
말이 시누이가 나가고 나서 자신은 어질러진 방을 치우려고
걸레를 집어 들었다고 했습니다. 그런데 갑자기 억울한 생
각이 들어서 그냥 팽개치고 다른 방으로 갔고 결국 어머니
께서 치우셨답니다.

　이로 인해 누나와 아내는 처음으로 거리가 생겼습니다.
물론 부모님도 말씀은 없었지만 팔이 안으로 굽지 밖으로
굽진 않잖아요. 결국 시부모의 문제는 시댁 전체의 문제가
되어버렸습니다. 저는 그때 유난히 마음이 아팠습니다. 어
쩌면 그때부터 저는 셀프효도를 예감하고 있었던 것 같습니
다.

지금은 맞고
그때는 틀리다

셀프효도를 하기 전, 또 한번은 누님과 매형 그리고 우리 부부가 부모님 댁에 모였을 때 '부모님이 아프시면 병간호를 누가 하느냐' 하는 주제로 이야기를 나눈 적이 있습니다.

아내는 '당연히 자식이 해야 한다', 누님은 '며느리가 해야 한다'며 서로 상반된 주장을 펼치고 있었지요.

"아니, 왜 시부모 병간호를 며느리가 해? 자식이 해야지."

"며느리도 가족이 됐으니까 할 수도 있는 거지, 꼭 자식이 하라는 법 있어?"

"부모님께서 자식이 아기였을 때 똥오줌 갈아주셨으니까 자식이 부모님 똥오줌을 갈아드리는 게 맞지. 자식도 아닌 며느리가 그거 하면서 좋은 생각이 들겠어? 물론 상황에 따라서 간병인을 쓸 수는 있겠지만 나도 내 부모님 병간호는 내가 할 생각이거든!"

"저도 그렇게 생각합니다."

가만히 듣고만 계시던 매형도 아내 말에 동의한다고 했다고 합니다. 이 얘기는 아내를 통해 들은 내용입니다. 사실 저는 그때 무슨 얘기가 오갔는지 기억이 나지 않습니다. 어느 날 마트에 가는 차 안에서 아내와 이런저런 얘기를 하다가 그 당시 제가 누님 편을 들었다고 얘기해 주더군요.

"여보가 그때 누나 편을 들었는데 기억 안 나? 당신도 가부장적인 면이 있더라고."

순간, 내가 무슨 말을 했는지 기억할 수 없다는 게 조금 억울했습니다. 하지만 어쩔 수 없이 인정했습니다. 기억이 나지 않으니 별수 없었죠.

〈지금은 맞고 그때는 틀리다〉라는 영화가 있습니다. 사람은 변합니다. 아니, 더 나은 생각을 하는 사람으로 변해야 합니다. 그런 의미에서 적어도 지금은 아내 말에 동의하니 다행입니다. 아내의 말을 찬찬히 들여다보면 이런 의미가 있습니다.

부모는 두 분 마음대로(자녀의 동의 없이) 자녀를 낳은 책임으로 어린 자식의 똥오줌을 받아줍니다. 보통은 이런 일에 대해서는 부모님께 받은 은혜를 돌려드릴 길이 없습니다. 부모를 낳아드릴 수는 없으니 말이죠. 다만, 부모님이 치매에 걸리거나 거동을 못 하시면 누군가는 똥오줌을 받아야 합니다. 그때야 비로소 자식은 부모의 은혜를 갚을 수가 있는 것이죠. 이런 기회를 왜 남에게 주나요? 부모님은 며느리가 아니라 자식인 우리의 똥오줌을 받아주셨는데 말이죠.

사전에서 '은혜'라는 단어의 뜻을 찾아보면 부모님의 은혜는 하나님, 부처님의 은혜와 같은 단어를 사용하고 있습니다. 왠지 동급으로 느껴지지 않나요? 그만큼 대단한 의미가 있다는 것 아닐까요? '사람은 구하면 앙분을 하고 짐승은 구하면 은혜를 한다[안다]'는 속담이 있습니다. 사람은 죽을 고비에서 구해주면 그 은혜를 쉽게 잊고 도리어 은인에게 앙갚음하지만, 짐승은 죽을 고비에서 구해주면 은인을 따른다는 뜻입니다. '흥부와 놀부'에서 자신의 부러진 다리를 고쳐준 흥부에게 박을 가져다 준 제비나, '선녀와 나무꾼'에서 사냥꾼으로부터 목숨을 구해준 나무꾼에게 선녀가 먹을 감는 연못을 알려준 사슴보다 못해서야 되겠습니까. 낳

아주시고 길러주신 은혜를 모르는 것은 제비나 사슴만도 못
하다는 부끄러운 마음이 들어야 합니다.

　　부모님의 간병 문제로 자식과 며느리가 다툴 일이 아니
라 각자 부모님께 받은 은혜를 어떻게 갚는 게 좋을지 고민
하는 게 사람의 도리가 아닐까 생각해 봅니다.

내가 가족을
지키고 싶은 이유

　　　　매형은 결혼 후 자신이 다니던 회사를 나와 창업을 했습니다. 성실하고 성격도 좋아서 그런지 사업은 승승장구했고 잠실 아파트에 입성하게 되었지요. 그렇게 누님과 저희는 누가 봐도 차이가 났습니다. 누나와 매형이 잘 나가는 동안 저희 형편은 점점 더 어려워졌습니다. 그때 저는 직장에 들어갔다 나오기를 반복하면서(제 의지와 상관없이 직장을 나와야 하는 이유가 생겼습니다.) 수입이 불안했고 첫아이를 키우기 위해 퇴직한 아내도 더는 버틸 힘이 없었습니다.
　　어느 날 친구 결혼식 청첩장을 받고서 지갑을 열어보니

천 원 한 장이 있었습니다. 저는 끝내 그 친구 결혼식에는 가지 못했습니다. 축의금도 없이 갈 수는 없었으니까요. 결국 우리 가족은 따로 살 수밖에 없었습니다. 그렇게 저는 아들을 데리고 부모님 댁에, 아내는 딸을 데리고 집(장모님이 빌려주신 다세대 주택)에 남았습니다. 아들은 초등학교 3학년, 딸은 4살이었습니다. 처음엔 딸도 제가 데리고 살았습니다. 아내는 새 직장을 얻어서 출근해야 했으니까요. 장인은 돌아가시고 장모님만 계셨는데 그 당시 장모님은 둘째 형님의 아이들을 돌봐주고 계셔서 저희 딸을 맡아주실 수 없었습니다. 안타깝게도 딸은 유치원에 적응을 못 했습니다. 유치원에서 돌아와서는 부모님께서 돌봐주셨는데 우리 부모님은 아이를 어떻게 키워야 하는지 모르시는 것 같았습니다. 어떻게 보면 당연했습니다.

제가 어렸을 때를 생각해 보면 아버지는 사우디아라비아 건설 현장에서 생활하셨고 어머니는 인형 봉제공장에서 일하시느라 밤늦게 돌아오셨습니다. 누나와 저는 학교에서 돌아오면 어머니가 돌아오실 때까지 혼자이거나 둘이 생활하는 게 거의 일상이었습니다. 초등학교 4학년 때는 특히 토요일에는(그 당시에는 토요일에도 등교했습니다.) 학교에서 돌아오면 집에 아무도 없었습니다. 점심으로 라면을 끓여 먹으며 TV 야구 중계를 보던 기억이 생생합니다. 아버지께서는 한국에 돌아오신 후에도 일하시느라 거의 집에 안 계셨고 어머니는 그 무렵 동네에서 작은 치킨가게를 하시느라 바쁘셨습니다. 그러고 보니 아주 어렸을 때를 빼고 초등학교 이후로는 온 가족이 함께 찍은 사진이 거의 없습니다. 사진이라는 건 사이가 좋을 때 찍을 수 있는 건데 돌이켜보면 저희 집은 늘 긴장 속에 있었습니다. 특히 아버지께서 일 끝나고 술을 드시면 늘 한바탕 싸움이 벌어졌습니다. 꾸준히 싸움의 횟수가 늘어났고 점점 강도도 세졌던 것 같습니다. 이런 분들이 손녀 키우는 법을 알기란 어려웠겠지요.

도저히 안 되겠다 싶어서 아내에게 얘기해 결국 딸을 장모님께 맡기게 되었습니다. 짧게 끝날 줄만 알았던 이 생활은 10년 동안 지속되었습니다. 제가 꿈꾸던 결혼 생활, 행복한 가정은 쉽게 허락되지 않았습니다. 그럼에도 저에게는 어려서부터 품고 있던 '언젠가 내가 원하는 삶을 살겠다'는 신념이 있었습니다. 물론 '원하는 삶'이 조금씩 바뀌긴 했지만 '1년에 한두 번 가족여행을 다닐 정도의 여유를 가지며 건강하게 사는 것'이라는 기준은 변함이 없습니다. 감사하게도 지금은 '우리 집'에서 살고 있습니다. 여행을 다닐 정도의 여유는 조금 시간이 걸릴 듯하겠지만 그 신념은 여기까지 저를 이끌어 주었습니다. 여기까지 오는 데 있어서 제가 사업이 어려워졌을 때 부모님께서 금전적인 도움을 주셨습니다. 매우 감사히 생각합니다. 여전히 넉넉하지 않으신다는 것을 아니까요. 마음 아픈 일이지만 그 당시 아내는 저와 헤어지기를 원했습니다. 입장을 바꿔 생각하면 시댁과의 고부갈등에 남편은 수입이 불안정하니 충분히 이해할 수 있는 선택이었습니다. 아내가 전하는 말 중에는 장모님 친구분들이 아내를 중매해 주겠다며 공공연히 말씀하셨다 했습니다. 그럼에도 제가 더욱 인연의 끈을 놓지 않았던 것은 아내와 제가 서로를 미워해서 헤어지는 것이 아니라는 것이었습니다. 서로가 사랑보다 미움이 커서라면 모를까 돈이 없어서 또는 부모가 반대해서 헤어진다는 것은 용납할 수가 없었기 때문이지요. 돈은 있다가도 없고 없다가도 있는 것이고, 고부갈등은 내 가정을 포기할 이유가 될 수 없었습니다. 다만, 그놈의 상황은 피할 수 없는 운명이라며 우리를 여기까지 몰아붙였다는 것을 받아들였고 그래서 더는 저항하지 않았던 것입니다. 운명도 자신의 임무가 있을 테니까요. 저는 이런 상황 속에서도 견디면 좋은 날이 올 거라고 굳게 믿고 있었습니다.

어쨌든 제가 오랜 시간을 견뎌온 데는 한 가지 이유가

더 있었습니다. 우리는 부모로서 자녀를 낳고 기르는 선택을 했지만, 자녀는 자신의 의지와는 상관없이 태어난 것입니다. 그것도 모자라서 가정이 사라진다면 얼마나 황당한가요. 적어도 자녀의 권리는 지켜줘야 한다고 생각했습니다. 자녀가 성인이 될 때까지는 부모가 책임을 져야 하는 것입니다. 독수리도 새끼가 둥지에서 뛰어내려 날 수 있을 때까지는 내치지 않고 품어주지 않던가요? 다만, 그 책임이라는 것이 아이가 안전하게 생존할 수 있는 것에 대한 책임만이 아닙니다. 저는 오히려 아이들이 가정 안에서 부모의 사랑을 받는 것에 대한 책임이 훨씬 크게 다가왔습니다. 사실 저 또한 이 부분에서 매우 부족한 상황에서 자랐기 때문에 내 자식에게는 더욱 지켜주고 싶었는지도 모르겠습니다. 저는 부모님의 불행한 결혼을 보면서 내 가정은 더 나은 가정으로 만들겠다고 항상 다짐했습니다. 보통은 부모를 닮는다고 하지만 경험해 본 바로는 그렇지 않은 사람도 꽤 있습니다. 저를 포함해서 말입니다. 물론 달라지려는 의지와 부단한 노력이 필요합니다. 세상에 공짜는 없으니까요.

자녀를 케어하는 일은 여전히 진행 중입니다. 아들은 성인이 되었지만, 딸은 이제 막 고등학생이 되었습니다. 부모로부터 소속감과 애정이 충족된 아이들은 성인이 된 후엔 다음 단계로 나아가기 위해 둥지를 떠나겠죠. 몸과 마음의 둥지 모두 말이죠. 늦어도 결혼 후에는 반드시 그래야 한다고 생각합니다. 그때까지는 지난 '이별 10년'의 시기를 와신상담으로 삼고 이 둥지를 굳건히 지키고 있을 것입니다.

행복도

배워야 합니다

성인이 된 자녀가 선택할 수 있는 선택지는 아마도 다음과 같을 것입니다.

1. 비혼주의자로 부모와 같이 산다.

2. 비혼주의자로 혼자 산다.

3. 비혼주의자로 동거를 한다.

4. 결혼해서 가정을 꾸리며 산다.

인생에 정답은 없습니다. 성인 자녀는 자기 맘대로 인생을 선택할 자유가 있으니 어떤 것이든 마음에 드는 것을 선택할 수 있습니다. 그러나 부모가 되어서 자녀에게 바라는 걸 선택하라고 하면 왠지 4번에 눈이 갑니다. 물론 독신 또는 비혼 동거도 행복할 수 있습니다. 인정합니다. 그것도 삶의 한 방식이니까요. 다만, 부모는 왠지 아쉬움이 생길 수 있습니다.

"나는 '바담 풍' 해도 너는 '바람 풍' 해"라는 우스갯소리가 있습니다. 나는 틀려도 너는 제대로 하라는 말입니다. 지금도 이런 상황은 비일비재하게 일어나고 있습니다. '나는 불행하게 살고 있지만, 너는 행복하게 살아라' 이게 지난 부모 세대의 마인드였습니다. 저는 이해가 되지 않았습니다. 내가 행복하지 않고 행복한 삶을 모르면서 아이에게 행복하게 살라는 말을 한다는 게 말이죠. 자녀를 위해 내 인생을 내어주는 것만이 행복이라고 생각하는 사람도 있을지 모르겠습니다. 그러나 적어도 저는 아닙니다. 부모님은 제가 행복하게 살길 바라며 키우신 것 아닌가요? 그런데 왜 자신의 행복을 외면하나요? 왜 자꾸만 행복을 다음 세대로 미루나요? 한 세대만 당기면 모두가 행복한데 말입니다. 제가 행복하게 사는 모습을 직접 보여준다면 아이는 스스로 행복이 뭔지 찾아갈 것입니다. 그리고 제 부모님도 행복한 저의 모습을 보면서 행복해하실 겁니다. 이것이 제가 생각하는 행복 교육입니다.

얼마 전 부모님 댁에 셀프효도를 하러 갔습니다. 코로나로 설에 모이지 못해서 아쉬우셨는지 간만에 닭백숙을 하셨다며 먹으러 오라고 하셔서 퇴근 후 들르게 되었습니다. 식사를 맛있게 마치고 어머니표 달달한 커피를 마시고 있을 때 어머니께서 이런 말씀을 하셨습니다.

"며느리는 잘 있냐?"

"네, 잘 지내요."

"요새는 주변 엄마들이 난리가 아냐. 누구 엄마 알지?"

"네, 알죠."

"그 집 아들이 둘 있는데 큰애가 40이 넘었잖아. 근데 아직 결혼을 안 했어. 그리고 둘째도 36인데 개는 결혼을 안 한다나 어쩐다나."

"때가 되면 하겠죠, 뭐."

"하면 다행이지. 그런데 너무 늦게 결혼하면 손주를 볼 수도 없고 암튼 요새는 엄마들이 그러더라고. 자식이 갔다 오더라도 한 번은 결혼을 했으면 좋겠다고 말야."

"그래요?"

"설에 애들이 전화했더라. 언제 한번 애들 데리고 와. 맛있는 거 해 줄게."

"네, 연휴 때 데리고 올게요. 요새는 학생이 더 바쁘다니까요."

"그래."

어머니는 셀프효도하러 온 아들에게 이런 말씀을 하시면서 무슨 생각이 드셨을까요? 같이 살면서 며느리 안 온다고 서운해하셨을까요. 갔다 오지 않고 손주들하고 가정을 이루며 사는 게 그나마 다행이라고 생각하셨을까요. 여쭤보지 않아서 모르겠습니다. 어쨌든 저희 부모님도 셀프효도하며 이렇게라도 사는 저에게 더는 뭐라고 하지 않습니다. 적어도 저는 돌아오지 않은 채 가정을 이루며 살고 있으니까요.

제가 생각하는 효도는 이렇습니다. 자식의 건강과 행복 그리고 함께한 추억을 남겨드리는 것. (뒤에서 따로 다뤘습니다) 결혼 후에 고부갈등으로 자칫 서로에게 악몽이 될 수 있다면 차라리 이렇게 '셀프효도' 하는 게 더 낫습니다. 제가 건강하고 행복하게 사는 모습은 부모님께는 효도이자, 자녀에게 행복을 알게 해 주는 교육이 됩니다. 두 마리 토끼를 모두 잡는 것입니다.

"갔다가 돌아오더라도 한 번이라도 가기만 하면 좋겠다"라는 말이 나오는 이유는 젊은 세대가 결혼을 못 하는 비자발적 비혼이든, 스스로 안 하는 자발적 비혼이든 갈수록 이런 경우가 많아지기 때문일 것입니다. 어쩌다 결혼이 이렇게 되었는지 잘 모르겠지만, 적어도 비혼의 이유가 고부갈등 때문이 아니길 바랄 뿐입니다.

"오늘 부모님 댁에 들렀다 왔어."

"그래? 두 분 다 잘 계시지?"

아무래도 시간이 약인가 봅니다.

아내의 해독제,
카라멜 마끼아또

        결혼 후 저희 부모님은 기자촌으로 이사를 하셨습니다. 저희는 옥수동에 살았는데 부모님 댁에서 집으로 돌아올 때면 아내는 정동 근처 S 커피점에 들러 꼭 카라멜 마끼아또에 생크림을 듬뿍 추가해서 마시곤 했습니다. 물론, 그때마다 저도 한 모금씩 빼앗아 먹었지만 내심 그 돈을 아꼈으면 했습니다. 그 당시 아내는 퇴직한 지 얼마 되지 않았고 제가 투자하며 일하던 회사는 이렇다 할 수익이 없어서 불안정했기 때문입니다.

        여느 때처럼 부모님 댁에 들렀다가 집으로 오늘 길이었습니다. 아내는 S 커피점 앞에 차를 세워달라고 했습니다.

그러고는 커피점에 들어갔다가 어김없이 생크림 가득한 카라멜 마끼아또를 손에 들고 해맑은 표정으로 차에 올랐습니다. 그 모습을 보던 저는 통명스럽게 말했습니다.

"이걸 꼭 마셔야 하는 거야?"

"어."

"어휴⋯."

"이걸 마셔야 기분이 풀린단 말야! 이것도 한 잔 편하게 못 먹어?"

"아니, 아끼면 좋잖아."

"치사하게⋯. 안 먹어!"

그렇게 삐진 아내는 집으로 오는 내내 말을 하지 않았습니다. 그런 아내의 모습을 보니 찌질하고 못난 제 자신이 싫어졌습니다. 그 후로 '아끼는 것도 정도껏 하자'라고 다짐했습니다. 그 뒤로는 카라멜 마끼아또를 마시겠다는 아내를 말리지 않았습니다. 그 한 잔으로 아내의 밝은 표정을 볼 수 있다면 그것으로 좋다고 생각했습니다. 그땐 몰랐습니다. 그 커피가 아내에게는 시댁에서 맞은 '독침'을 중화해 주는 해독제라는 것을 말이죠. 저에겐 아껴야 할 커피 한 잔, 아내에겐 자신을 살려줄 해독제였던 겁니다.

우리는 같은 것을 보며 다른 생각을 합니다. 이 차이를 시간이 지나면 자연히 알게 될까요? 천만에요. 상대를 이해하려고 노력해야 알게 됩니다. 그나마 상대가 아직 곁에 있을 때 알아채야 의미가 있습니다. 상대가 없는데 이해하면 무슨 소용이 있겠습니까.

아내는 여전히 카라멜 마끼아또를 주문합니다. 생크림을 듬뿍 달라는 얘기도 빼놓지 않고요. 저는 아무 말도 하지 않고 그녀가 주문하는 모습을 바라봅니다. 커피를 받아든 그녀가 빨대로 한 모금 찐하게 흡입한 후 행복한 표정으로 저에게 건넵니다. 아내는 말합니다.

"나는 이 커피를 마시면 기분이 좋아져."

물론 아내는 이제 이 커피를 해독제로 마시는 게 아닙니다. 커피를 커피로 마시는 거라고 생각합니다. 아내에게서 건네받은 커피를 마실 때면 그녀를 살려주었던 이 커피가 고마워서 더 맛있게 느껴집니다. 저도 덩달아서 이 커피를 마시면 기분이 좋아집니다. 부부는 닮아간다고 하지 않던가요.

고부갈등을 겪는다는 건 마치 링 위에 오른 권투 선수와 같습니다. 선수는 때리기도 하지만 맞기도 합니다. 가만히 있을 수가 없습니다. 어쩌면 냉혹합니다. 먼저 때리지 않으면 맞으니까요. 이기고 지는 승패 이전에 서로 아픔을 주고받습니다. 권투와 다른 점은 이곳엔 심판이 없다는 겁니다. 시어머니의 아들, 며느리의 남편이 심판일까요? 아니면 시아버지가 심판일까요? 아닙니다. 시아버지와 남편은 심판이 아닙니다. 시아버지는 시어머니와 같은 팀의 선수이고 아들은 며느리와 한 팀입니다. 여기는 심판이 없는 선수만 있는 세계입니다. 그런데 지금은 시아버지, 아들이 심판처럼 중재하려고 합니다.

그런 줄 알았습니다. 그런데 알고 보니 이 링은 결투의 링이 아니었습니다. 예쁜 꽃으로 둘러싸인 울타리였습니다. 서로 싸우지 않아도 되었습니다. 우리는 으레 이 링을 싸워야 하는 곳으로 인식했죠. 그러나 그건 고정관념이었습니다. 우리는 권투 글러브가 필요 없습니다. 이곳은 서로의 손을 잡고 멋진 춤을 추는 정원이었으니까요. 이것을 너무 늦게 깨닫지 않았으면 합니다.

이제는 각자 집으로
돌아갈 때입니다

　　'황새와 개구리'라는 제목의 이 그림은 작가 미상으로 'Never ever give up'이라는 말처럼 포기하지 말라는 메시지로 인용됩니다. 저는 개인적으로 이 그림이 고부갈등을 적나라하게 보여준다고 느꼈습니다. 황새는 마치 며느리를 잡아먹지 못해 안달난 시어머니, 개구리는 시어머니에게 잡아먹히지 않기 위해 안간힘을 쓰는 며느리의 모습처럼 보였더랬죠.

　　개구리가 약자라는 건 며느리도 약자라는 의미입니다.

생각해 보니 세상은 약자가 바꾸기엔 너무 더디고 힘겹습니다. 이 문제는 쉽게 해결될 기미가 보이지 않습니다. 이대로 가다간 결혼에 대한 근본적인 회의감이 일어날 수밖에 없습니다. 그 결과 비혼, 동거라는 새로운 가족관계를 인정해 달라는 요구가 일어나기 시작했습니다. 저는 이러한 형태의 가족관계를 부정하거나 반대하는 입장은 아닙니다. 그러나 이런 대안들의 상당수가 고부갈등이라는 문제로 인해 어쩔 수 없이 하는 선택이라는 사실이 안타깝습니다. 만약 고부 갈등이 없다면 결혼은 비혼이나 동거만큼 괜찮은 선택일 수 있습니다.

다시 그림으로 돌아와 보겠습니다. 황새는 개구리가 마음에 들지 않습니다. 날개도 없고 긴 다리도 없고 미끌미끌한 피부에 깃털도 없습니다. 뭉텅한 몸에 날지도 못합니다. 한마디로 격이 다르다고 느낄 수 있습니다. 시어머니가 잡아먹을 듯 구박을 하니 결국 며느리도 죽지 않으려고 최후의 발악을 합니다. 결혼해서 며느리가 되었다는 이유만으로 당해야 하는 대접이 너무 충격적이어서 죽기 살기로 반항할 수밖에요. 이대로 가다가는 어떻게 될까요. 이 상황에서 예측할 수 있는 결과는 무엇이 있을까요.

첫째, 한쪽이 죽는다. 황새가 숨이 막혀 죽든, 개구리가 팔에 힘이 빠져 잡아 먹혀 죽는다. 개구리와 황새는 이럴 수 있겠지만 현실에서는 분명 며느리가 남편과 시댁과의 이별을 선택할 것입니다. 그러면 남남이 되고 다시 볼 일은 없게 되겠죠. 미움과 원망의 감정을 남긴 채 말이죠. 여기서 피해자는 며느리와 남편 그리고 자녀들이 됩니다. 이렇게 온전했던 한 가정이 깨지게 되는 거죠.

둘째, 개구리와 황새가 서로를 놓아주고 각자의 집으로 간다. 시어머니, 며느리 모두 각자의 가정이 있습니다. 홀시어머니나 홀시아버지도 하나의 가정입니다. 그런데 문제는 시어머니 가정에 며느리와 아들의 가정을 포함하려는 순간 발생합니다. 자신의 품 안에 품는 정도가 아니라 그림처럼 아예 통째로 뱃속에 넣으려 하니까요.

60~70년대만 하더라도 대가족의 형태는 당연했습니다(물론, 지금도 한 건물에서 층별로 부모, 형제, 자매가 모여 사는 집도 있습니다). 그러다가 90년대 말부터 2000년대로 들어오면서 단독주택보다는 빌라, 아파트 형태의 집이 늘어나면서 자연스럽게 핵가족이 보편화되고 고등교육을 수료한 여성이 성인이 되어서는 결혼 후 집안일이 아닌 자신만의 커리어를 쌓는 경우가 더 많아졌습니다. 그러면서 자연스럽게 직장 내 승진 차별, 임금 차별 등 불합리한 제도에

대해 남녀평등을 주장하게 되었죠. 이러한 분위기는 그동안 상대적으로 덜 드러나고 있던 며느리의 대우에 대해 여성으로서, 가족의 구성원으로서 문제 제기를 하기 시작한 것입니다.

특히 고부갈등이라는 문제에 대해 저는 생각해 봅니다. 이제 각자 집으로 돌아갈 때가 아닌가 하고 말이죠.

'개구리야, 황새야, 서로 놔 주고 이제 집으로 돌아가. 가족이 기다려.'

PART 2

시부모가 처음인
'시린이'를 위한 조언

잘 모르겠다면
아무것도 하지 마세요

'아들을 완전히 독립시키지 못하시겠다고 요? 그리고 어떻게 시어머니 노릇을 안 할 수 있냐고요? 말이 쉽지 그게 쉬운 일이 아니라고요?'

그러면 질문 하나 드리겠습니다. 시어머니 노릇은 어떻게 하는지 아시나요? 선뜻 대답하기 곤란하시다면 같이 한번 알아볼까요? 먼저, '하지 말아야 할 일'입니다.

먼저 알려준다고 한 게 잔소리입니다.
알아서 도와준다고 한 게 간섭입니다.
내가 해보니 좋아서 꼭 해보라고 하는 게 명령이고 강요입니다.

남들처럼 잘했으면 하는 게 비교입니다.

마음에도 없는 칭찬은 거짓말입니다.

며느리가 없는 곳에서 하는 며느리 얘기는 칭찬이 아니면 전부 흉보기입니다. 자칫 칭찬도 어떻게 말하냐에 따라 흉이 될 수 있습니다.

시댁에서 며느리가 설거지할 때 다른 가족들끼리만 디저트를 먹어도 무시입니다. 대놓고 무시하는 것만 무시가 아닙니다.

어렵다고요? 뭐가 이렇게 까다롭냐고요? 그럼 아무것도 하지 마세요. 안 하셔도 됩니다. '칠거지악(조선 시대 유교 사상에서 나온 제도)'이라고 들어보셨나요? 아내를 내쫓는 이유가 되는 7가지 사항을 말하는데요, 앞서 말씀드린 건 며느리를 내쫓기 전에 알아서 제 발로 나간다는 7가지 방법입니다. 물론, '집 나간 며느리도 돌아온다'라는 말이 있긴 하죠. 가을 전어가 어찌나 맛있는지 냄새를 맡고는 참지 못하고 집으로 돌아온다는 얘기인데요, 죄송한 얘기지만 요즘은 전어 맛집 탐방하느라 돌아오긴 틀린 것 같습니다.

다음은 누구라도 며느리가 되겠다고 몰려오게 할 수 있

는 방법입니다.

　며느리를 백년손님이라고 인정하실 수 있나요?

　며느리에게 손님에 대한 예의를 갖춰주실 수 있나요?

　며느리를 한 사람의 성인으로, 그리고 누군가의 귀한 자녀로 존중해 주실 수 있나요?

　며느리에게 아들과 함께 있어 주는 것만으로도 감사할 수 있나요?

　며느리를 볼 때마다 칭찬해 주실 수 있나요?

　며느리가 남편, 바로 당신의 아들 때문에 속상해할 때 아들은 혼내주고 며느리를 위로해 주실 수 있나요?

　며느리가 의기소침해할 때 자식에게 그러하듯 언제나 며느리를 믿고 응원하겠다며 격려해 주실 수 있나요? 이 모든 것을 겉으로만 말고 진심으로요.

　네? 이건 더 어려우시다고요? 그에 비하면 '하지 말아야 할 일'은 쉬워 보이지 않나요? 그러나 현실은 이 모두가 어려우실 겁니다. 안타깝지만, 이미 시어머니로부터 학습이 되었기 때문이죠. 어떻게 보면 무언가를 하는 게 자녀를 독립시키는 것보다 몇십 배 어렵습니다. 반대로 자녀를 완전히 독립시키는 건 간단하거든요. 궁금해하지도 마시고, 오라 가라도 마시고, 꼭 필요할 때만 아들과 연락하세요. 참 쉽죠? 이렇게 하면 좋은 점은 며느리에게 아무것도 안 할수록 시어머니 랭킹 순위 최상위권으로 올라가실 수 있다는 겁니다(시어머니 랭킹은 뒤에 추가로 다뤘습니다). 물론, 이 모든 게 시부모가 처음인 '시린이'분들께는 어려울 수 있습니다. 그래도 포기하지 않으실 거죠?

누구를 위하여
팥죽을 끓이나

        아주 옛날 한 마을에 나무꾼이 홀어머니를 모시고 살고 있었습니다. 어느 날 나무꾼이 부지런히 나무를 베고 있었는데, 사냥꾼에게 쫓기던 사슴 한 마리가 달려와서는 살려 달라고 애원했습니다. 나무꾼은 쌓아 놓은 나뭇더미 속에 사슴을 숨겨서 사냥꾼으로부터 구해 주었습니다. 무사히 살아난 사슴은 나무꾼에게 산을 돌아 나가면 하늘의 선녀들이 멱을 감는 연못이 있다고 귀띔해 주었습니다. 그리고 선녀들이 멱감는 틈을 타서 그중 한 선녀의 날개옷을 감추라고 했습니다. 하늘로 올라가지 못한 선녀를 집으로 데려와 보살피면 이내 아내가 될 거라고 했습니다. 그런데 둘이 결혼해서 세 아이를 낳기 전까지는 날개옷을 깊이 감추고 절대로 보여주지 말라고 했습니다. 나무꾼은 연못을 찾아가서 사슴이 일러준 대로 했습니다. 먹을 다 감은 선녀들이 다들 하늘로 돌아가는데, 날개옷을 도둑맞은 막내 선녀는 그러지 못하고 울고만 있었습니다. 나무꾼은 막내 선녀를 집으로 데리고 와서 아내로 삼았습니다. 나무꾼은 선녀와 수년을 지내는 사이에 아이를 둘 얻었습니다. 아내는 이제 아이를 둘이나 두었으니 제발 날개옷을 보여 달라고 했습니다. 결국 나무꾼은 날개옷을 꺼내 와서 선녀에게 건네주었습니다. 아내는 날개옷을 날쌔게 입더니 두 아이의 손을 잡고는 훨훨 날아서 하늘로 올라가 버렸습니다. 혼자 내버려진 나무꾼에게 사슴이 찾아왔습니다. 사슴은 연못을 다시 찾아가면 하늘에서 두레박이 내려올 것이라고 했습니다. 나무꾼은 연못으로 가서 두레박을 타고 하늘로 올라가서 아내와 아이들을 만났습니다. 그렇지만 나무꾼은 어머니가 걱정되어 다시 지상으로 내려가고자 했습니다. 아내는 천마 한 마리를 내주면서 타고 가서 어머니를 만나되, 무슨 일이 있어도 말에서 내려 땅을 밟지 말라고 했습니다. 나무꾼은 천마를 타고 지상에 내려와서 어머니를 만났습니다. 어머니는 아들이 좋아하는 팥죽을 끓여 주었고, 아들은 팥죽이 너무 뜨거운 탓에 먹다가 말 등에 흘리고 말았습니다. 그러자 말이 기겁하고 뛰는 바람에 나무꾼은 땅바닥에 떨어지고 천마는 하늘로 올라가 버렸습니다. 다시는 하늘로 못 가게 된 나무꾼은 그 자리에서 닭이 되었습니다. 그래서 그는 아침마다 하늘을 향해서 울부짖듯이 울었습니다.

저는 이 설화가 마치 고부갈등을 나타내는 것 같다고 생각했습니다. 우리는 자식을 위한다는 착각으로 자신이 원하는 일을 하는 건 아닐까요. 물론 팥죽을 끓여주는 게 잘못은 아니지만 결과적으로 비극의 원인이 되었죠. 아들은 돌아왔고 현실에 적응하지 못한 채 방황하며 살아가는 이야기가 왠지 현대사회에서 일어나는 일과 전혀 다르지 않습니다. 자식을 위해 팥죽을 끓여준다는 것은 어쩌면 내 만족인 경우가 많습니다. 앞에서 말한 '하지 말아야 할 일'과 '누구라도 며느리가 되겠다고 몰려오게 하는 방법'을 제대로 이해하지 못한다면 언젠가 비극을 초래할 수 있습니다. 시부모의 언행이 뜨거운 팥죽이 되고, 중간에서 아들이 그 팥죽을 흘리게 되면 결국 며느리는 화상(火傷)을 입고 떠나게 되죠. 저는 이런 안타까운 상황을 미리 방지하자는 것입니다. 이것이 바로 '자녀를 완전히 독립시키고 아무것도 하지

않는다'를 선택해야 하는 이유입니다. 좋은 부모는 자녀의
자율적 선택과 독립성을 존중해 주는 것에서 시작해야 합니
다. 좋은 시부모가 되는 것도 이와 같습니다. 비록 지금까지
는 좋은 부모가 아니었어도 자녀가 결혼을 한 후에는 좋은
부모가 될 수 있는 또 한 번의 기회를 모두를 위해 잡아보는
게 어떨까요?

잘해 주는데
왜 불편해할까요?

        며느리는 원하지 않는데 그래도 포기 안 하고 잘해 주시려는 시어머니가 많습니다. 그런데 정작 며느리는 불편합니다. 그 이유는 시어머니 기준에서 잘해 주시는 것이기 때문입니다. 이것은 결국 배려의 문제입니다. 배려가 없기 때문에 불편한 것입니다. '잘해 준다'는 표현도 객관적인 것이 아니라 주관적 판단입니다.

    언젠가 장모님께서 제 생일에 어떤 것을 받고 싶냐고 물어보셨습니다. 그래서 저는 평소에 눈여겨보던 특정 브랜드의 시계를 말씀드렸습니다. 가격은 10만 원대였습니다. 장모님께서 직접 사지는 못하셨지만, 아내를 통해 제가 원하는 시계를 선물로 주셨습니다. 정말 감사했고 고장이 날 때까지 주구장창 차고 다녔습니다. 그런데 만약 100만 원짜리 시계를 해주셨다면 어땠을까요? 비싼 거라서 좋아했을까요? 장모님은 비싼 걸 선물로 주셨다고 스스로 만족하셨을까요? 장모님 생각은 몰라도 저는 100만 원짜리 시계를 좋아하지 않았을 것이 확실합니다. 그것은 제가 원하는 것이 아니기 때문입니다. 물론, 무조건 비싼 걸 원하는 사람도 있겠지만 시계와 같은 액세서리나 옷, 신발, 지갑, 스카프 등은 취향과 선호가 중요한 구매 포인트이기 때문입니다. 예를 들면, 결혼 예복으로 비싸게 맞춘 정장을 저는 딱 하루, 그것도 억지로 입었습니다. 아내가 원해서 산 모델이었고 제가 평소에 즐겨 입는 스타일이 아니었기 때문입니다. 마찬가지로 시부모는 더 잘해 줬는데 속상하다고 합니다.

"너는 도대체 왜 그러냐. 더 좋은 걸 해 줘도 싫다 하고. 너도 참 별나다."

며느리는 속으로 그건 자기가 원하는 게 아니라고 합니다. 여기서 오해가 있을 수 있겠네요. 제 아내는 착한 사람입니다. 저희 부모님 역시 착하신 분들입니다. 다만, 이 사태를 겪고 나서 느낀 점은 저희 부모님도 의도와 다르게 며느리에게 상처를 주셨을 수 있다는 것입니다. 잘해 준다고,

신경 써 준다고 했던 것들이 오히려 부담되고 상처가 된다는 것을 모르셨던 거죠. 아직도 저희 부모님께서는 이런 말씀을 하십니다.

"아들아, 우리가 며느리한테 뭘 그렇게 잘못했니."

"너희는 뭘 그렇게 복잡하게 따지니."

물론 몰랐다고 해서 책임이 없다고 할 수는 없습니다. 인간관계에서는 핑계를 댈 수 없다는 것을 잊지 말아야 합니다. 결과가 좋으면 그 사람의 '능력'이고 '덕분'이지만 결과가 좋지 않으면 그 사람 '탓'이 됩니다. 이렇듯 결과에 따라 자신의 의도는 전혀 다르게 평가되니까요. 그래서 결론적으로 관계의 실력을 키우고 좋은 결과를 내야 합니다. 나의 의도가 오해받지 않으려면 말이죠.

영화 〈미 비포 유〉에서 여주인공은 생일날 선물을 받습니다. 남자친구의 선물은 남자친구 자신의 이름이 새겨진 하트 모양 목걸이였습니다. 그리고 생계를 위해 병간호하고 있던 '남자환자'에게 받은 선물은 노랑에 검은 줄무늬 꿀벌 양말이었습니다. 여주인공은 남자친구의 선물에는 그저 그런 반응이었지만 꿀벌 무늬 양말을 보고는 좋아서 어쩔 줄 몰라 했습니다. 왜냐고요? 그 양말을 어렸을 때 너무 좋아했는데 이제는 작아져서 더는 신을 수 없게 돼서 속상했거든요. 어른이 된 자신이 신을 수 있을 만큼 큰 꿀벌 양말이라니 얼마나 기뻤을까요. 선물은 주는 사람이 원하는 게 아니라 받는 사람이 좋아하는 것을 줘야 합니다. 그래야 주는 기쁨만큼 받는 기쁨도 함께 누릴 수 있는 것입니다.

　가족끼리도 배려가 필요합니다. 컵이 없으면 물을 담을 수 없습니다. 상대가 목마르다고 했을 때 물을 마시라면서 씻지도 않은 두 손에 담아주려고 한다면? 좋은 관계는 배려라는 컵에 담아서 주는 물과 같습니다. 물을 건네는 마음은 감사하지만, 상대가 어떻게 받아들일지에 대한 고민이 없다면 그것은 스트레스입니다. 여기서 서로의 합의점을 찾을 필요가 있습니다. '대접받고 싶은 대로 남을 대접하라'라는 말이 있습니다. 과연 시어머니 자신은 지금 자신이 한 행동을 당신의 시어머니가 그대로 했다면 어땠을까 고민해 볼 필요가 있습니다. 자신이 받고 싶은 대접이 아니면 그것은 며느리도 마찬가지이니까요.

부부는 똑같으니까
사는 거예요

며느리를 볼 때 내 아들보다 부족해 보인다
는 부모들이 있습니다. 그렇다면 처가에서 내 아들을 볼 때
는 어떨까요? 비슷합니다. 부족해 보인다는 의미죠. 부정하
고 싶은가요? 미안하지만 부정할 수 없는 사실입니다. 모든
부모는 자기 자식이 제일 잘났다고 생각하니까요. 사실 제
가 하고 싶은 얘기는 '아들과 며느리는 비슷하다'라는 겁니
다. 유유상종, 끼리끼리, 부부는 그렇게 만납니다. 서로의
장점을 +, 단점을 -로 해서 장단점을 모아 계산해 보면 거
의 비슷할 겁니다. 누구는 아침에 부지런하고 누구는 밤에
부지런하고, 누구는 몸이 부지런하고 누구는 머리가 부지런

하다거나, 누구는 요리를 잘하고 누구는 요리를 못하지만, 청소와 정리정돈을 잘하고, 누구는 쓸데없이 말이 많고 누구는 지나치게 말이 없고… 등등.

따져보면 결국 평균이 비슷합니다. 어떤 특정한 성격, 외모나 직위 이런 것만으로 비교할 수 없는 부분입니다. 개인의 에너지나 기운이라고 하는 게 더 이해가 잘될 수도 있습니다. 그것은 둘만이 알 수 있습니다. 아들과 며느리는 이미 연애를 통해서 느꼈을 것입니다. 서로 비슷하다는 것을요. 그랬기 때문에 결혼을 생각한 것입니다. 결론적으로 우리가 보지 못하는 며느리와 사위의 장점, 단점과 그 총량의 에너지를 아들딸들은 알고 있을 것입니다. 그러니 아들딸에게 유리한 특정한 장점이나 바람직한 점을 내세워 내 자식이 더 낫다고 할 수 없는 것입니다. 이미 결혼해서 살아봤으니 알지 않습니까. 하나의 장점이 전부가 아니고 행복도 아니라는 것을 말이죠.

'바보온달과 평강공주' 이야기 아시죠? 그런데 '바보온달과 평강공주' 이야기를 짧은 동화로만 접하다 보니 잘못 알려진 부분이 있습니다. 다름 아니라 온달은 바보가 아니라 바보인 척했다는 것을요. 온달은 돌궐족 칸의 아들이었습니다. 어느 날, 평강공주는 자신의 정체를 숨기고 있던 온

달의 진짜 모습을 알게 됩니다. 평강공주는 아버지의 반대에도 불구하고 온달과 결혼하고 온달은 결국 고구려의 장군이 되어 큰 공을 세우게 됩니다. 여기서 중요한 사실은 평강공주는 결국 칸의 왕자와 결혼한 것입니다. 혹시 며느리가 마음에 들지 않더라도 내 아들을 믿고 상대를 인정해 줘야 합니다.

물론 며느리가 실망스러울 수 있습니다. 장점보다 단점이 더 많은 경우죠. 어쩔 수 없습니다. 이런 경우 서로 비슷하게 맞춰지든지 헤어지든지 하겠죠. 물론 며느리의 장점이 많은 경우가 바람직하고 결과도 좋습니다. 부부는 서로가 상대를 성장시키는 역할을 하기 위해 만나기 때문입니다. 안타깝지만 며느리가 단점이 많다고 해도 우리는 그들의 운명에 끼어들어서는 안 됩니다. 자신의 운명을 헤쳐나갈 주인공은 바로 그들이기 때문입니다. 우리의 삶도 우리가 주인공인 것처럼 말이죠. 결과가 어떻든 '내 자식이 더 낫다'는 생각은 아무래도 도움이 되지 않습니다. 자꾸 손해 본 느낌이 들기 때문입니다. 결혼이 장사는 아니지만, 괜히 '손해 보는 장사'를 했다는 생각이 듭니다. 이런 상황에서 며느리에게 좋은 말이 나올 리 없습니다. 그러니 '아들과 며느리는 똑같다'라고 생각해야 합니다. 그래야 며느리가 미워 보이거나 못마땅해 보이지 않습니다.

아내가 가끔 이런 질문을 합니다.

"여보는 전생에 무슨 복을 쌓아서 나랑 결혼했어? 이 결혼 내가 좀 손해인 것 같아."

그러면 저는 이렇게 대답합니다.

"여보세요, 똑같으니까 사는 겁니다."

꼭 기억하세요. 부부의 연을 맺고 함께 살고 있다면 그들은 똑같으니까 사는 거라는 것을요.

부모는 자식을 끝까지
책임질 수 없다

저에겐 작은아버지가 계셨습니다. 5남 2녀 중 여섯째셨죠. 제가 아버지 댁에 머물러 있을 때 작은아버지께서 드문드문 오셔서 잠시 머물다 가신 적이 있었습니다. 그때 들은 얘기로는 작은아버지가 젊은 시절 5살 연상의 여자와 결혼을 하려고 하셨는데, 부모의 반대에 부딪혔다고 합니다. 작은아버지는 부모의 뜻을 거역할 수 없어서 결국 그 여자와 헤어졌다고 했죠. 저는 이해가 되지 않아서 "그냥 결혼하시면 안 되었냐"고 여쭤보았습니다. 작은아버지께서는 그 당시 7남매 중 누구 하나 부모님의 말씀을 고분고분 듣는 형제가 없어서 자신마저 반항하면 부모님이 슬

퍼하실 거라 생각했답니다. 그래서 거역을 못 하셨다고 말이지요. 그러고는 나이 어린 분을 중매로 만나 부모의 허락 하에 결혼했습니다. 그러나 딸을 하나 낳고는 얼마 되지 않아서 헤어졌지요. 딸은 엄마가 키우기로 했고 작은아버지는 그 뒤로 재혼을 하지 않으셨습니다.

80년대는 연상연하 커플이 매우 드문 시절이어서 일반적인 부모의 입장에서는 아들이 나이 많은 여자와 결혼하는 것을 쉽게 허락하지 않았을 것입니다. 사회적 통념이 부모님의 생각에 영향을 미쳤을 것입니다. 그런데 생각해 보면 자연사하는 인간의 평균 수명을 기준으로 보통은 자녀가 더 오래 삽니다. 부모는 아무리 자식을 사랑하더라도 자식을 끝까지 곁에서 지켜줄 수 없습니다. 어차피 부모가 먼저 떠날 거라면 자식 곁에 사랑하는 사람이 남아있도록 허락해야 하지 않을까요? 한 여인과 결혼을 결심하고 부모님께 인사를 시켰다는 건 그만큼 작은아버지께서 그분을 사랑하셨다는 겁니다. 물론 그 뒤에 만나 결혼하신 부인도 사랑하셔서 결혼하셨겠지만 제가 작은아버지의 가정생활을 보았을 때 반대에 부딪혔던 이전의 연인만큼은 아닌 것 같았습니다. 차마 여쭤볼 수는 없었지만 처가와 아내, 딸이 미국으로 이민을 갈 때도 같이 가자고 했지만, 한국에 남으신 것만 봐도 왠지 알 수 있을 것 같습니다.

결국 부모는 자녀를 남겨두고 먼저 떠납니다. 그런데 어떻게 부모가 끝까지 자식을 책임진다는 말인가요? 자녀는 부모가 없는 세상을 홀로 살아가기 위한 능력을 길러야 합니다. 부모는 재산을 물려줄 수 있을 뿐입니다. 재산을 지키는 것에 대한 책임은 자녀의 능력에 달려있죠. 한 가정을 이루고 잘 이끌어가는 능력을 포함해서 말입니다. 부모가 살아계시는 동안에 미리 그러한 능력을 키워야 제대로 된 준비라 할 수 있습니다. 부모님이 돌아가신다고 해서 한순간에 그런 능력이 생기는 건 아니니까요.

그러나 현실은 어떻습니까. 시어머니는 결혼 후에도 며느리를 통해서 아들을 관리하려 합니다.

"맞벌이하더라도 남편 아침은 꼭 챙겨서 보내라. 네 남편이 아침을 꼭 챙겨 먹는 습관이 있어서 말이다. 알았지, 며늘아."

순간 며느리 입장에서는 카운터 펀치를 맞은 기분일 겁니다. 며느리는 머리가 지끈 아프고 어지럽고 멍해지는 기분이겠지요. 마치 '시어머니의 아들 케어 프로그램'이라는 계주에서 며느리에게 바통을 넘겨주시고 그 바통 안에 돌돌 말려진 두루마리에는 이전에 하고 있던 시어머니의 프로그램이 줄줄이 나열되어 있을 것만 같습니다. 며느리는 이제 그 바통을 받은 다음 주자로서 '시어머니의 아들 케어 프로그램'이라는 계주에서 전력 질주해야 하는 운명의 무게를 느낍니다.

며느리는 결혼 후 차츰 드러나는 자신의 역할에 대해 하나씩 알아갈 때마다 멘붕의 경험을 종종 하게 되겠지요. 여기서 '며느리는 누구였는지?' 생각해 봅시다. 며느리는 사돈의 딸이며, 본인 이름으로 된 명찰을 달고 학교에 다니며 친구를 사귀고 사회에 나가서 직장인, 사회인으로 살던 사람이었습니다. 이런 며느리는 자신의 실체가 왠지 시댁과 가정의 울타리 안에서는 사라지는 것처럼 느껴집니다.

차라리 아들과 며느리에게 스스로 '생존 프로그램'을 터득할 수 있도록 기회를 주는 것이 좋습니다. 아들은 며느리를 외조하고 며느리는 남편을 내조하며(반대인 경우도 있습니다) '상호 케어 프로그램'을 만들어 가야 합니다. 이 역시 두 사람의 몫입니다. 지금부터 미리 프로그램을 세팅하지 못하면 프로그램은 미완성으로 남게 될 것입니다. 결국 미완의 프로그램으로 인해 아들은 홀로 남거나 함께 살아도 '각자도생 프로그램'으로 외로움을 반려자 삼아 평생을 살 것입니다.

부디, 내 자식을 끝까지 책임지겠다는 생각 대신 시어머니인 본인과 남편 간은 '상호 케어 프로그램'을 적용하는지 '각자도생 프로그램'을 적용하는지(같이 살아도 이런 경우가 많습니다) 돌아보는 편이 훨씬 나을 겁니다. 남편의 인생을 무책임하게 내팽개쳐 두고 있지는 않나요? 안타깝게도 '상호 케어 프로그램'이 아직도 미완이라면 이것을 완성하는 것이 자신의 결혼 생활에서 최우선 과제임을 잊지 말아야 합니다.

딸도 아들도
죄인은 없다

'딸 가진 죄인'이라는 표현이 있습니다. 개인적으로 이런 말은 이제 없어졌으면 좋겠습니다. 돌이켜보면 우리는 딸을 얻고 얼마나 행복했던가요. 얼마나 사랑스러운 자식인가요(물론 사춘기엔 지독하게 밉상이지만). 딸을 가졌다고 왜 죄인이 되어야 하는지 모르겠습니다. 처갓집을 단숨에 죄인이 머무는 교도소로 만듭니다. 참 지독한 말입니다. 내 어머니도 할머니의 딸이고, 나의 아내도 처갓집의 딸이고 내 딸은 내 딸인데 딸이 무슨 죄를 지었다고 부모까지 죄인이 되어야 하느냐는 말입니다. 이 모든 것은 시부모에게 눈치 보며 굽신거리느라 생긴 표현입니다. 그렇

71

다면 왜 시부모에게 그래야 할까요? 행여 내 딸을 구박할까 싶어서입니다. 며느리의 죄스런 생활을 표현하는 '시집살이'라는 말도 있습니다. 이 '시집살이'에는 2가지 뜻이 있습니다. 첫째, 결혼한 여자가 시집에 들어가서 살림살이를 하는 일을 뜻합니다. 요즘은 분가해서 따로 사는 경우가 많아졌으니 이제는 '시집살이'가 아니라고 할 수 있을까요? 오히려 남의 밑에서 엄격한 감독과 간섭을 받으며 하는 일을 비유적으로 이르는 말로 사용하는 경우가 더 많은 것 같습니다.

그러므로 분가와 상관없이 며느리는 여전히 후자의 '시집살이'를 하고 있다고 볼 수 있습니다. 시집살이가 힘들어진다는 건 몸과 마음이 모두 힘들어진다는 것을 의미합니다. 처가에서는 시부모가 당신의 딸을 덜 힘들게 했으면 하는 바람으로 눈치보며 낮은 자세로 사돈의 비위를 맞춰야 하는 상황입니다. 그러니 '딸 가진 죄인'이라는 말을 할 수밖에 없지요. 안 그래도 힘든데 괜히 밉보여서 혹독한 시집살이라도 할까 싶어서 말입니다. 그래서 우리는 더욱 깨어 있는 시부모가 되어야 합니다. 남녀 평등시대에 반려자로서 결혼한 커플에게 서로 다른 지위를 부여하는 것은 멈춰야 하기 때문입니다. 참고로 우리나라는 원래 처가살이가 보편적이었다고 합니다. 그러다가 17세기 무렵부터는 오히려 시집살이가 확산되면서 남성의 지위가 상승했다고 합니다. 그렇다면 남자가 '처가살이'하면 남자의 지위가 내려가고 여자가 '시집살이'하면 여자의 지위가 내려간다는 얘기입니다. 요즈음은 오히려 신혼집이 처갓집에 더 가깝습니다. 그러면 다시 사위의 지위가 내려가야 하나요? '처가살이'할 때는 '아들 가진 죄인'이었다가, 이제는 '딸 가진 죄인'이었다가 왔다 갔다 합니다. 그러니 어떤 것도 정답은 아닙니다. '시집살이', '처가살이'처럼 '어느살이'에 따라 죄인 취급하는 대상이 달라지는 짓은 이제 그만해야 합니다. 시댁에서 며느리의 부모, 즉 사돈을 죄인으로 만들지 말아야 하는 이유가 또 있습니다. 시부모의 소중한 아들이 죄인의 딸과 결혼하는 꼴입니다. 반대의 경우도 마찬가지입니다. 결론은 누구에게도 득이 되지 않는다는 말이죠.

'잘 키운 딸 하나 열 아들 안 부럽다.'

이 말은 속담이 아니고 남아선호가 있던 80년대 정부의 슬로건입니다. 그래서 어떻게 보면 현재 남녀 평등에 맞는 적합한 표현은 아닐 수 있습니다. 그런데 특이한 건 '비행기는 딸이 태워준다'는 얘기는 주변에서 많이 하더라는 겁니다. 실제로 주변을 봐도 아들은 국내 여행, 딸은 해외여행을 보내주는 경우가 꽤 많습니다(물론 요새는 국내도 비행기를 타고 다니지만 여기서 비행기는 먼 여행, 해외여행을 의미합니다). 어쨌든 더 이상 남의 집 딸을 (반대로 남의 집 아들을) 인질로 위세 부리지 말았으면 합니다. 며느리는 사돈에겐 해외여행 보내줄 귀한 자식이니까요.

자녀로부터 마음의
독립을 하세요

        많은 어머니가 아들을 놓아주는 게 쉽지 않다고 말합니다. 그렇다면 당신은 지금까지 아들에게 '희생'을 한 것입니다. 그래서 보상심리가 생긴 거죠. 나아가 아들뿐 아니라 며느리에게도 '희생에 대한 대가'를 요구하게 됩니다. 이것이 비극의 시작이죠. '희생'은 다른 사람이나 어떤 목적을 위해 자신의 목숨, 재산, 명예, 이익 따위를 바치거나 버림, 또는 그것을 빼앗겼다는 것을 의미합니다. 왠지 억울한 느낌이 듭니다. 게다가 이 단어는 마치 엄마가 아들의 훈육에 바쳐진 제물처럼 느껴지기까지 합니다. 그렇다면 어떻게 마음의 독립을 할 수 있을까요. 마음이 쉽게 바뀌지 않는다면 단어를 바꿔볼까요? '언어가 사고를 지배한다'라는 사이어-워프 가설을 근거로 말이죠. 우리는 지금까지 아들에게 희생이 아닌 '헌신'을 한 것이라고 말입니다.

'헌신'은 내가 능동적으로 온 힘을 쏟아부은 것입니다. 그로 인해 아들은 멋진 남성으로 자라서 한 가정을 책임질 수 있는 남편이 될 수 있었죠. 어떤가요? 자랑스러운 마음이 생기지 않나요? 엄마로서 최고의 자부심입니다. 자기 자신을 대견하게 여겨도 됩니다. 여기에 무슨 억울함이나 보상심리가 있을까요. 이렇게 희생이 아닌 헌신으로 바꾸면 이미 키울 때 같이 울고 웃던 추억만으로 충분합니다.

'내 아들은 나의 것'이라는 소유 심리를 가지고 있는 시어머니도 있습니다. 아들을 자신의 자궁에서 열 달 동안 품고 얻었다는 이유로 그런 생각을 가질 수도 있겠습니다. 그러나 아들을 소유했다는 것은 사람을 소유한다는 것인데 노예나 노비, 하인을 소유한 것과 다를 바가 없습니다. 내가 소유한 사람에 대해서는 내 마음대로 지시할 수 있고 사고파는 처분에 대한 권리가 있다는 것인데 아들이 그러한가요. 아들을 노예처럼 부릴 수 있고 사고팔 수 있다고 생각하는 부모는 없을 겁니다. 현대 사회에는 사람을 소유할 수 있는 노예제, 노비제도는 이미 폐지되었습니다. 지금 이런 일이 일어난다면 그것은 '인신매매'가 됩니다. 한편으로 이해는 되나 아들을 소유한다는 것은 논리에 맞지 않습니다. 이 개념을 가지고 있다면 아들은 내 것이고 고로 아들의 가정과 그 구성원인 며느리도 내 것이라는 생각으로 이어져 고부갈등은 갈수록 노답이 됩니다. 옛말에 '자식 이기는 부모 없다'고 하지만 살다 보니 자식을 이기는 부모가 있더군요. 그리고 돈으로 갑질하는 손님이 바로 우리 시댁이더라 하는 경우도 있습니다. 이 모든 생각은 돈으로 사람을 소유한다는 생각에서 비롯된 것입니다. 이 역시 매우 오만하고 위험한 생각이므로 이런 생각은 아예 말아야 합니다.

결정적으로 며느리에게 아들을 돌려달라는 '소유물반환청구권'을 행사할 수 없습니다. 이 청구권은 '소유물'에 한해서만 가능하기 때문입니다. 이 모든 것이 아들은 소유물이 아니라는 것을 말해줍니다. 만에 하나 지금 이런 생각을 하고 있더라도 최소한 아들이 결혼하기 전까지 단 1%도 남지 않도록 조심해야 합니다. 희생이라든지 소유라든지 하는 생각은 이기적이고 편협한 생각이라서 빨리 전환하는 게 좋습니다. 이런 생각을 하고 있다면 생각은 자라지 못한 채 몸만 어른이 된 어린이와 다를 바가 없습니다.

요새는 주식을 처음 하는 초보자를 '주식+어린이'를 합쳐 '주린이'라고 부른다더군요. 그렇다면 이런 시부모를 우리는 '시린이'라 불러야 할지도 모르겠습니다. 왜냐하면 '생물학적으로는 부모이지만 정신적으로는 전혀 부모라 할 수 없는 행태'를 보이기 때문입니다. 타인을 내 맘대로 다룰 수 있다고 생각한다는 건 매우 오만한 태도입니다. 앞으로 소유라는 단어와 개념은 저세상으로 던져 버리고 '희생'이라는 단어보다 '헌신'이라는 말을 더 자주 써보십시오. 어머니로서 자식에게 쏟았던 모든 피, 땀, 눈물이 고귀한 행위로 느껴지며 충분히 가치 있는 삶이었다고 느껴질 것입니다.

이런 마음 상태라면 시원섭섭한 마음이지만 쿨하게 '바이바이' 작별 인사를 할 수 있습니다. 후회나 미련도 남아있지 않으니까요. 혹시 최선을 다하지 못한 아쉬움이 든다고요? 그렇더라도 우리는 놓아줘야 합니다. 떠나보내야 합니다. 아들도 부모님으로부터 헌신의 사랑을 받은 것처럼 다가온 인연(며느리)과 다가올 인연(자녀)에 사랑으로 헌신할 기회를 누릴 수 있도록 말이죠.

자식에게 주어야 할
것은 사랑밖에 없다

　　　　　예전에는 호주제라 해서 결혼 후 아내가 남편 호적에 오르게 되었으나, 호주제는 2005년 3월 31일에 폐지되어 이후 개인의 가족관계는 가족관계등록법이 시행되고 있습니다. 가(家)가 아닌 개인을 기준으로 가족관계등록부가 작성되고 있지요. 누가 누구의 호적에 귀속되는 것이 아닌 개인을 기준으로 부모와 배우자, 자녀가 표기됩니다. 옛말에 '시집가면 출가외인'이라는 표현은 호주제 폐지와 함께 이제는 더 이상 적절한 표현이 아닙니다. 그러나 결혼 후 독립적인 가정을 꾸리는 존재라는 의미로 지속해서 사용하면 좋을 것 같습니다. 단, '장가가면 출가외인'이라는 표현도 함께 말이죠. 지금까지는 '시집가면 출가외인'이라는 말이 여자만 일방적으로 시댁에 귀속되는 느낌이었지만 '장가가면 출가외인'이라는 표현을 함께 사용하다 보면 결혼한 자식은 남녀를 불문하고 부모의 가정과는 별개의 가정을 꾸리는 존재라는 인식을 하지 않을까요. 뭐든 평등하려면 표현도 평등하게 쓰는 게 좋습니다.

그렇다면 호주제는 왜 폐지되었을까요? 헌법 제11조 제1항에서 "모든 국민은 법 앞에 평등하다. 누구든지 성별·종교 또는 사회적 신분에 의하여 정치적·경제적·사회적·문화적 생활의 모든 영역에 있어서 차별을 받지 아니한다"라고 명시적으로 남녀평등을 선언했습니다. 또한, 제36조 제1항에서 "혼인과 가족생활은 개인의 존엄과 양성의 평등을 기초로 성립되고 유지되어야 하며, 국가는 이를 보장한다"라고 혼인과 가족생활에서의 양성평등을 강조하고 있습니다. 이를 근거로 호주제는 폐지되었지요. 여기서 우리는 한번 짚어볼 필요가 있습니다. 호주제는 이미 16년 전에 폐지가 되었는데 우리 사회에는 그동안 어떤 변화가 있었는지 말이죠. 특히 가정에서 말입니다.

우리는 매스컴에서 접하는 권력자나 금수저 등 특수 계층의 특권에 대한 반감이 있습니다. '특권'이라는 말 자체가 그것을 가지지 못한 자에 대한 차별이기 때문입니다. 이런 연유로 가정에서 유독 남자에게만 주어진 특권에 대한 반감이 생깁니다. 명절이나 제사 때 남자들은 음식을 하지 않고 먹기만 하면서 고스톱 치고 TV 보고 한가롭게 술이나 마시고 있습니다. 이것은 가정 내에서 벌어지는 일종의 특권입니다. 이에 반감을 품은 아내들이 명절 후 이혼을 원하는 이유입니다. 민법 제826조(부부간의 의무)에서도 '부부는 동거하며 서로 부양하고 협조하여야 한다'고 명시되어 있습니다. 한쪽의 일방적인 특권을 허용하고 있지 않습니다.

그렇다면 호주제가 폐지되고 16년이 지난 지금, 가정에서의 평등은 실현되었을까요? 가정의 특수 계층인 남자의 특권이 사라졌을까요? 변화가 이뤄지고 있다고 생각하나요? 적어도 젊은 세대의 남자들은 이러한 변화를 감지하고 있는 것 같습니다. 본인들이 이러한 변화를 요구받는 1세대라는 것을 말이죠. 이전 세대와 다르게 여권신장, 남녀평등이라는 단어와 현상들을 자주 접하면서 컸기 때문입니다. 시어머니 세대는 이러한 변화를 완전히 받아들이지 못한 채 구습의 끝자락에 대롱대롱 매달려 있고 며느리 세대는 자신과 자녀의 미래를 위해 가정에서의 완전평등을 실현하고자 투쟁하고 있습니다.

이러한 사회적 분위기 속에서 변화에 동참하지 않는 남자들도 문제이지만 여자들도 정작 바꾸지 못한 사실이 하나 있습니다. 그것은 자녀에 대한 생각입니다. 고부갈등으로 시댁에 대한 감정이 좋지 않거나 남편과의 불화가 있는 경우에 자식을 대하는 여자의 생각도 아직 바뀌지 않은 것 같습니다. 시댁이 밉다고, 남편이 밉다고 자식들까지 밉게 보인다고 합니다. 비록 고부갈등으로 남편과 사이가 좋지 않더라도 자녀에게 미움과 비난의 화살을 돌리지 않았으면 좋겠습니다. 자식은 시댁과 남편을 위해 낳아 준 게 아니기 때문입니다. 지금은 '가족관계증명법'에 의해 본인의 '가족관계증명서'를 발급받으면 아이들은 여성 자신의 자녀로 등재되어 있습니다. 호주제가 폐지된 지금 누구의 자식을 낳아줬다는 식의 생각은 아직 마음속에서 호주제를 없애지 못했다는 증거입니다. 이런 생각은 본인 스스로 독립성을 부정하는 것이며 양성평등을 거부하는 것입니다. 출산에 있어서 본인의 의지와 반하는 반강제적 압박이 있을 수 있겠지만, 결론은 본인의 자식을 낳은 것입니다. 그러므로 화풀이를 자식에게 하는 우를 범하지는 말아야 합니다.

　　혼인신고를 할 때 자녀를 남편이 아닌 아내의 성과 본을 따르게 할 수도 있고 그러지 못한 경우라도 이혼 후에는 자신의 성으로 바꿀 수가 있습니다. 또한, 친권은 물론 양육권도 가질 수 있습니다. 완벽하지는 않지만 이전보다는 자녀에 대해 친모가 권리를 더 많이 갖게 되었습니다.

결코 남편과 시댁의 자식을 낳아준 것이 아닙니다. 호주제가 폐지되어서가 아니라 호주제라는 제도와 상관없이 잊지 말아야 하는 중요한 사실입니다. 법적인 권리와 상관없이 내가 품고 낳은 내 자식이라는 사실은 변함이 없기 때문입니다. 아이들에게 주어야 할 최고의 선물은 명품 유모차나 최신형 스마트폰이 아니라 아이들이 태어나기 전 엄마의 태교와 태어나고 난 후 자식에게 보여주는 부모의 태도입니다. 곧 태어날 아이를 기다리며 사랑으로 태교했던 그 마음으로 자식을 대한다면 아이들은 세상에서 가장 큰 사랑의 선물을 받는 것이나 마찬가지입니다.

혼수보다는
행복이 더 중요하다

이혼한 커플이 다시 만나는 〈우리 이혼했어요〉라는 프로그램이 있습니다. 그중 '최고기&유깻잎' 커플 편에서 최고기 아버지가 하신 말씀이 기억에 남습니다.

"뭐 때문에 이혼하게 됐나?"

"돈 얘기도 그렇고… 만약에 저희가 다시 만난다고 하면 지금이랑 똑같이 할 거예요?"

"난 (너희 둘이) 만나기를 원하고 있어. 왜 만났으면 하는지 알아?"

"왜요?"

"솔잎이 때문이야. 솔잎이 아니면 너네 살든 말든 난 몰

라. 솔잎이 얼마나 불쌍하니. 너희 어떻게 발전해서 재혼한다고 하면, 너희 재결합했다? 내가 너희 앞에 안 나타나요. 솔잎이 하고 행복하다면. 솔잎이가 제일 불쌍하다 이거야. 솔잎일 두고 왜 이혼했느냐는 거야."

시아버지 입장보다 손주에게 아빠, 엄마가 있는 온전한 가정을 지켜주는 것이 더 중요하다고 하시는 것 같았습니다. 그렇기만 하면 당신은 두 사람 앞에서 사라져 줄 수 있다고 말씀하시는 걸 보면요. 어른의 잘못으로 아이는 부모와 함께 살 권리를 침해당하고 있으니까요. 대화 끝에 아들 '최고기'는 집 장만할 때 2억이라는 돈을 아버지에게 받지 않는 게 나았다는 것을 이혼 후 깨달았다고 말합니다.

이렇게 우리는 결혼할 때 돈 얘기로 복잡해지는 경우가 많습니다. 특히 양가의 형편이 되지 않을 때는 더더욱 도움을 최소한으로 받는 것이 좋다고 생각합니다. 작게 시작해서 일궈나가는 것도 지나고 보면 추억이 됩니다. 돌이켜보면 부모가 자식을 결혼시킬 때, 생각보다 여유가 없는 경우가 많습니다. 지금 저희 부부의 상황을 봐도 그렇고, 제가 결혼할 때 부모님의 형편도 그랬다는 것을 부모님 나이가 되고 보니 알겠더군요. 부모에 대한 기대치가 높으면 실망하고 그 실망이 원망이 될 수 있습니다. 그러니 예식도 혼수도 겉치레로 과도한 소비를 하는 것보다 나중에 '거대한 스노우볼'을 만들 수 있는 '작은 스노우볼'을 만드는 지혜로운 선택을 했으면 합니다.

혼수의 또 다른 문제는 서로 형편이 다른 양가의 혼수로 인해 갑과 을의 분위기가 만들어진다는 겁니다. 더 많이 해온 집은 갑, 적게 해온 집은 을이 되어 은연중에 갑의 갑질이 일어납니다. 저도 전세 자금을 처가에서 지원받았습니다. 그리고 결혼 당시 저는 직장도 변변치 못했고 집도 차도 없었습니다. 당연히 모아 놓은 자금도 없었고요. 이러한 상황만 보자면 처가의 갑질이 있을 수 있었지만, 다행히 아내는 이 문제에 결론을 내주었습니다. 연상이던 아내는 결혼 전에 이런 말을 했습니다.

"꼭 남자가 벌라는 법 있어? 내가 벌면 돼."

그녀는 아무것도 없던 저와 결혼하겠다며 저를 집으로 초대했습니다. 그 뒤에 들리는 얘기로는 장모님이 반대하셨지만 아내가 이렇게 얘기했다고 합니다.

"단 하루만 살아도 이 사람이랑 살고 싶어."

저도 정말 사랑했고 아내의 선택이 고마웠지만, 살짝 이해가 안 되는 점도 있었습니다. 저보다 잘나고 돈 많은 남자들이 아내를 따라다녔기 때문입니다. 그 남자들에 비하면 저를 배우자로 맞이하기엔 턱없이 부족했으니까요. 어쨌든 사랑으로 결혼해서 물론 중간에 여러 고비와 아픔, 슬픔이 있었지만 지금까지 알콩달콩 (어제도 살짝 말다툼했지만 말입니다.) 살아가고 있습니다. 아내가 혼수나 저의 그 당시 능력으로만 저를 판단했다면 지금의 삶과 지금의 아이들은 없었겠지요.

"혼수? 뭣이 중헌디?!"

영화 대사를 흉내 내어 봅니다. 혼수가 행복한 결혼 생활보다 중요할까요? 따지고 보면 혼수는 결혼의 첫 단추일 뿐입니다. 그러나 만약 이 첫 단추가 잘못 끼워진다면 결혼 생활 전체가 삐뚤어질 수도 있습니다. 차라리 첫 단추를 잘못 끼울 바엔 끼우지 말았으면 합니다. 그냥 첫 단추를 빼고 다음 단추부터라도 제대로 끼워야 합니다. 그러고 나서 첫 단추를 끼워보면 잘못 끼울 일도 없습니다. 첫 단추를 위한 자리는 하나밖에 없으니까요. 혹 안 끼우면 어떤가요. 시대를 앞서가는 패션이 될 수도 있는 거 아닐까요. 혼수(婚需) 문제로 결혼도 하기 전에 양가 모두 혼수상태(昏睡狀態)가 되는 일은 없어야겠습니다.

무소식이
희소식이다

     요새는 이혼이 흠도 아니죠. 너무 흔해서 말입니다. 졸혼까지 포함하면 그야말로 '대유행'입니다. 지금 고부갈등을 겪고 계신 시어머니께 묻고 싶습니다.

    "어머니는 이혼하셨나요? 이혼하셨다고요? 그래서 아들도 이혼하라고 권하시나요?"

    "이혼은 안 하셨다고요? 그런데 왜 아들은 이혼으로 몰고 가시나요? 당신은 이혼하지 않고 온전한 가정을 꾸리시면서요."

    부부가 이혼하는 데에는 나름대로 이유가 있습니다. 다만, 당사자 간의 문제가 아니라 타인의 문제로 인해 헤어지는 것이라면 그보다 슬픈 일은 없을 겁니다. 시부모 입장에서 며느리가 마음에 들지 않을 수 있습니다. 마찬가지로 며느리도 시부모가 마음에 들지 않을 수 있겠죠. 이 와중에 한 가지는 확실합니다. 며느리와 아들은 서로 마음에 든다는 겁니다. 결혼까지 한 걸 보면요. 보통은 서로 죽고 못 살아서 결혼을 하니까요. 아들과 며느리도 처음부터 서로가 마음에 들었는지 아니면 처음엔 마음에 들지 않았지만, 차츰 알아가면서 마음이 변했는지 알 수 없지만, 수많은 사람 중에 결혼을 결심하게 할 정도로 좋아하는 사이라는 것만은 확실합니다.

그런데 시어머니와 며느리가 만나자마자 서로를 마음에 들어 하고 친해질 수 있다고 생각하시는 건가요? 서로 정말 잘 맞고 좋은 경우도 있지만 보통은 마치 신입사원이 마음에 들지 않는 상사에게 맞춰주느라 서로 잘 맞는 것처럼 보이는 일방적인 맞춤형 관계인 경우가 더 많습니다. 전자의 경우라면 축하드립니다. 하지만 후자가 대부분이기 때문에 사회와 가정이 이 난리를 피우는 거 아닐까요?

그렇습니다. 우리는 무모한 베팅이 아닌 확실한 것에 베팅해야 합니다. 아들과 며느리는 서로를 마음에 들어 하니까 그것에 만족해야 합니다. 시어머니와 며느리의 관계는 아직 모호하죠. 여유롭게 시간을 가지면 어떨까요. 친구 사이도 억지로 친해지려 한다고 절친이 되는 것도 아니니까요. 사실 시어머니와 며느리가 사이좋은 건 바라지 않는 게 좋습니다. 절친 되려다 절교할까 걱정돼서 하는 말입니다. 그 절교는 결국 아들과 며느리의 절교로 이어질 수 있으니까요. 이런 불상사를 예방하는 차원에서 아들과 며느리 사이에 끼지 않는 게 좋습니다. 굳이 친하게 지낼 필요도 없습니다. 서로 예의라는 거리를 두고 지내는 편이 훨씬 낫습니다. 따지고 보면 우리는 거의 이런 관계 속에서 살고 있습니다. 가족과 절친 2~3명 빼고는 거의 그렇다고 볼 수 있습니다.

시어머니께서는 '이혼'이 유행이라고 굳이 '아들'을 유행에 뒤처지게 하지 않으려 애쓰지 마세요. 이런 유행은 따라가지 않고 구식이란 소리를 듣는 게 더 기분 좋은 '구식'이니까요. 재혼하면 되지 않냐고요? 그러면 그때는 자식을 독립시킬 마음의 준비가 될까요? 아니라면 재혼도 역시 결과가 같겠네요. 재혼까지 해서 고부갈등을 참고 살 여성이 세상천지에 있을 리 만무합니다. 손주는 할머니 때문에 온전한 가정에서 자랄 기회를 잃어버리게 되고요. 그때는 독립시키시겠다고요? 그럼 차라리 지금 독립시키세요.

아들이 결혼하고 나면 며느리에게 안부 전화든 방문이

든 아무것도 요구하지 말아야 합니다. 처음엔 며느리도 어른 말씀을 거역하지 못하고 마지못해서 하겠지만, 그건 형식적인 행위입니다. 상사가 그걸 원하니까 맞춰주는 경우와 같은 거죠. 시어머니는 진심이 없는 행위에 스스로 만족할 수 없고 끝없이 공허할 뿐입니다. 며느리는 하긴 하면서도 양가감정(논리적으로 서로 어긋나는 표상의 결합에서 오는 혼란스러운 감정이나 태도가 함께 존재하고 상반된 목표를 향해 동시에 충동이 일어나는 상태)에 휩싸입니다. '그래, 어른이 하라고 하면 해야지. 남편의 부모님이시잖아'라는 생각으로 전화를 하다가도 '이걸 내가 왜 하고 있지? 도대체 왜 해야 하지?' 하는 의구심과 반항심의 양립한 상황에서 조만간 그만두게 됩니다. 이런 상태가 되면 시부모는 서운하고 괘씸한 생각이 듭니다. 며느리는 며느리대로 기진맥진합니다.

더 쉽게 생각해 볼까요. 처음부터 기대치가 100%여서 며느리는 기대치에 미칠 수가 없으니 그만큼 불만이 생깁니다. 애초에 그 누구도 100% 기대치를 맞출 수 있는 사람은 없으니까요. 이 경우는 며느리를 앞으로 마음에 들어 하지 않겠다고 다짐하는 것과 같습니다. 반대로 처음에 기대치가 0%이면 어쩌다 뭘 하나 해도 만족스럽습니다. 살아보니 처음에 좋은 관계보다 나중에 더 좋아지는 관계가 낫고, 처음에 잘사는 것보다 나중에 잘사는 게 더 나은 것 같습니다. 절대적인 비교가 아닌 이전보다 같거나 조금만 나아져도 만족스러워지는 거죠. 이렇듯 만족감은 상대적입니다.

현실적으로 기대치가 없는 것이 시부모가 행복한 방법이자 며느리도 행복할 수 있는 누이 좋고 매부 좋은 방법입니다. 사람이 살면서 사실 좋은 소식이라는 건 몇 개 되지 않습니다. 살아보셔서 잘 아시잖아요. 오히려 나쁜 소식이 더 많은 게 인생입니다.

"남편이 술 먹고 늦게 들어와요."

"남편이 돈을 못 벌어요."

"아이가 생기지 않아요."

"며칠 전 차 사고 났어요."

"남편이 직장을 그만두려고 해요."

"아이가 아파요."

"며칠 전 사기를 당했어요."

오죽하면 '무소식이 희소식'이라는 말이 생겨났을까요. 결혼한 자녀에게서 연락이 없는 것은 희소식입니다. 연락이 없다는 건 큰 사건이 없다는 얘기고 어쨌든 둘이 해결해 나가고 있다는 의미입니다. 성숙한 어른이 되는 그런 과정을 겪고 있다는 얘기죠. 그러다 드문드문 좋은 소식도 들려옵니다.

"저희 임신했어요."

"건강한 아이 낳았어요."

"아이가 유치원에 들어갔어요."

"아이가 초등학교에 들어갔어요."

"아범 승진했어요."

살다 보면 좋은 소식도 있고 나쁜 소식도 있습니다. 하지만 무소식은 희소식, 좋은 소식이기만 하니 얼마나 좋습니까. 매일매일 좋은 소식이 전해지는 게 더 낫지 않나요?

PART 3

——————

제발, 선을 넘지 않는
시부모가 됩시다

정작 변해야 할 사람은
시부모입니다

       유튜브나 인터넷에 들어가서 '고부갈등, 장서갈등'에 대해 검색해보면 엄청난 에피소드가 넘쳐납니다. 책은 어떤가요. 오죽하면 '며느리 사표 낸다, 며느리도 누군가의 딸이다' 등등 며느리가 힘들다는 책이 연이어 나오고 소설과 드라마 소재로 단골처럼 등장합니다. 드라마를 보는 며느리는 열광하고 시어머니는 부글부글하고 아들은 중간에서 난처합니다. 그런데 내용을 보면 분명 문제는 있는데 해결책은 없습니다. 모든 며느리가 사표를 낼 수도 없고 B급이라고 아예 대놓고 반항하며 승리를 쟁취할 수도 없습니다. 내용엔 공감하면서도 적극적으로 '나도 저렇게 해보면 되겠다' 이런 결론을 찾기가 어렵습니다. 케이스 바이 케이스이기 때문입니다. 본인의 성격상 어려운 경우도 있고, 직장으로 따지면 이 상사 저 상사 스타일이 다르고 회사 분위기에 따라 대처하는 방법이 다르니까요.

무슨 얘기냐면 어쩌면 이 문제를 해결해야 하는 주체는 며느리가 아닐 수 있다는 겁니다. 결혼은 했는데 온통 못 살겠다고 아우성칩니다만 정작 변해야 할 당사자는 시부모입니다.

'시어머니도 며느리다.'

'며느리도 언젠가 시어머니가 된다.'

이 두 문장을 보고 있으면 오히려 서로를 더 잘 이해하려고 노력해야 하지 않는가 하는 의문이 듭니다. 그런데 안타깝게도 '개구리 올챙이 적 생각 못 한다'라는 말처럼 시어머니 며느리 적 생각 못 하더라는 겁니다. 지난날 사회 관습과 분위기는 개인의 일탈을 '두더지 잡기'처럼 때려잡았습니다. 비난에 맞서려면 대단한 용기가 필요했죠. 그래서 어머니 세대는 순응하는 길을 택했습니다. 어머니의 어머니도 그렇게 사셨기 때문입니다. 그렇다면 지금 며느리와 사위인 여러분은 어떤가요? 다를 거라는 확신이 있으신가요? 당장에 저와 제 아내 또한 이러지 않으리라는 보장은 없습니다.

준비하지 않으면 말이죠. 다행히 저와 아내는 준비하고 있습니다. 새로운 시대의 시부모상을 위해서 말이죠. 사실 변하려고 노력하지 않으면 변할 수가 없습니다. 오히려 노력하지 않는 변화는 퇴화죠. 조금 더 나아지는 변화는 노력이 필요합니다. 마치 연어가 강을 거슬러 가려고 안간힘을 쓰는 모습처럼 말이죠.

이제 시부모가 되는 연령대가 50대 초중반부터가 아닌가 싶습니다. 그때가 아직 멀었다고 생각하나요? A4 용지를 가로로 길게 놓고 가운데에 끝에서 끝까지 가로줄을 그어보세요. 처음과 끝이 멉니다. 자, 이제 A4 용지 가운데를 좌우 양 끝선이 닿도록 접어보세요. 50대라는 나이는 30~40대 시절이 마치 처음과 끝이 맞닿아 있는 것처럼 훌쩍 뛰어넘듯 지나간 느낌입니다. 물론 추억은 쌓여있습니다. 가운데 그은 줄이 사라지지 않고 그대로 있듯이 말이죠. 진실은 어느새 그날이 온다는 것입니다. 그러니 미리 준비하지 않으면 우왕좌왕 좌충우돌하다가 아들은 어느새 돌싱이 되어 당신 곁으로 돌아옵니다(물론 아닐 수도 있으니 미리 겁먹지 마세요).

다행히 지금 며느리 세대는 인터넷에 능숙합니다. 인터넷이든 며느리가 쓴 책이든 한번 찾아 보세요. 요새 며느리나 사위가 결혼 전에 어떤 걱정과 고민을 하는지 알 수 있습니다. 평소엔 다툼이 없다가도 유독 시댁 문제로 분쟁이 시작됩니다. 꿈같이 황홀한 결혼이 '듣보잡' 악몽이 되니 이혼을 생각하는 사람이 많아집니다. 이런 문제는 결혼을 앞둔 젊은 청년들이 비혼과 동거를 선택하게 하는 이유가 됩니다. 물론 비혼과 동거가 나쁘다는 뜻은 아닙니다. 그러나 프랑스의 시민연대계약(PACS : Pacte civil de solidarité, 프랑스에서 시행 중인 두 이성 또는 동성 성인 간의 시민 결합 제도)과 같은 새로운 가족 형태가 제도화되지 않은 상태에서 이런 선택은 바람직한지 고민해 봐야 합니다.

몇몇 며느리가 시부모의 변화를 강력하게 주장합니다. 시부모가 바뀌어야 세상이 바뀐다는 주장입니다. 그러나 현재 시부모가 바뀌길 바라는 건 권력층에게 권력을 포기하라는 것과 다름없습니다. 강렬한 저항과 탄압이 있을 뿐입니다. 오히려 지금의 며느리는 예비 시부모로서 어떻게 보면 변화의 주체라고 볼 수 있습니다. 그것은 변화의 주체가 현재의 시부모가 아닌 미래의 시부모인 바로 자신이 되어야 한다는 것을 의미합니다. 이것이 바로 고부갈등의 근본적인 해결책이라고 생각합니다.

시부모의 변화를 외치는 며느리의 용기는 새로운 시대

에 걸맞은 시부모가 되겠다는 용기로 바뀌어야 할 때입니다. 시부모 때문에 고생한 당신이여, 자신과 미래의 세대를 위해 지금 필요한 건 굳은 다짐과 실천입니다.

고부갈등 종결선언

1. 자식이 소중하게 여기는 사람을 소중히 생각한다.
2. 자식의 행복을 내 기준으로 강요하지 않는다.
3. 자식의 결정을 존중한다.
4. 결혼한 자식의 가정을 속국이 아닌 하나의
독립국으로 인정한다. 내정간섭을 하지 않는다.
5. 소통은 아들과 직통으로 한다.
6. 자녀를 출가시킨 후 나 자신을 위한 삶을 산다.

이 선언을 스스로 다짐하고 자녀가 출가한 이후엔 실제로도 그래야 합니다. 그게 아니라면 지금 고부갈등의 원인이 된 시부모 세대를 비난하거나 원망한다는 것은 이율배반적인 행위일 뿐입니다. 자신은 불행하다고 느끼면서 타인에게 그것을 반복하는 것과 다르지 않으니까요.

며느리에게 존경받는
시부모가 되는 법

　　　　제가 말하는 '깨어있는 시부모'는 난해한 개
념이 아닙니다. 결혼한 자녀의 가정을 하나의 독립국처럼
인정하고 내정간섭이나 무리한 외교를 강요하지 않으며 본
인의 가정과 자신의 삶에 충실한 시부모를 의미합니다. 세
상은 격변하고 있고 남녀평등은 시대의 화두가 되었습니다.
그러나 대다수는 아직도 고부갈등에서 자유롭지 못한 상황
입니다. 아마 대부분의 독자도 이 문제에서 벗어나지 못했
기 때문에 이 책을 읽고 있는 것이 아닐까 싶습니다. 여러분
께 묻습니다.

　"못된 시어머니 닮는다'라는 말처럼 당한 만큼 돌려주려

고 더 독한 시부모가 되려 하십니까?"

물론, 아니라고 대답할 것입니다. 이어지는 질문입니다.

"말씀하신 대로 못된 시어머니가 안 된다고 확신할 수 있나요? 아니라면 어떤 준비를 하고 있나요? 준비는 완벽한가요?"

뻔하지만 준비 없이 상황을 맞는다면 달라질 건 없습니다. 시대의 변화와 다양성을 인정하고 받아들이는 사람만이 '꼰대'라는 유물이 되지 않을 수 있습니다. 눈 깜짝할 새 우리는 시부모가 됩니다. 미리 자신의 태도를 바라보고 결심하지 않으면 지금의 시련과 고통을 고스란히 자식에게 물려주게 됩니다.

코로나로 비자발적 언택트가 생활화되고 있습니다. 정부는 명절이나 제사도 모이지 말라고 제한합니다. 실제로 모이지 않고 각자 집에서 머무는 것이 자연스러워지고 있습니다. 이제는 시부모도 변화해야 할 때가 된 것입니다. 코로나에 익숙해집시다. 모이지 않는 생활에 익숙해집시다. 나라마다 여행객의 왕래를 극도로 자제하거나 금하고 있습니다. 자국민의 안전을 위해 그 어느 때보다도 심혈을 기울이고 있습니다. 이렇듯 각자의 가정을 독립적으로 운영하는 데 집중해야 합니다. 트렌드 리더가 된다는 게 별것 아닙니다. 이미 세상은 그렇게 흘러가고 있습니다. 반 발짝만 앞서 가면 됩니다. 멋진 시부모가 되어 자신의 가정을 잘 돌보면 부러움과 존경의 대상이 될 수 있습니다.

이것은 어른을 공경하는 유교 문화에 맞서는 개념이 아닙니다. 어른은 공경하되 가정이 우선입니다. 어른에 대한 공경이 '잦은 왕래와 문안 인사, 시댁에서 식모처럼 일하는 것'은 아니잖아요. 마음이 먼저 동하지 않으면 진심이 없는 형식이 될 뿐입니다.

갑자기 궁금해졌습니다. 고부갈등은 왜 시작되었을까. 명절과 제사로 인한 스트레스, 시어머니의 지나친 간섭과 무시 등 이런 세세한 사건을 말하고자 하는 게 아닙니다. 시부모가 며느리를 이렇게 대하는 근본적인 이유가 궁금해졌다는 거죠. 제가 겪고 느낀 고부갈등의 이유는 시부모가 '며느리보다 내 자식이 더 잘났다, 자식은 내 소유물이라 내가 마음대로 간섭해도 된다, 며느리는 종신 식구다'처럼 고대 유물과 같은 가치관에서 벗어나지 못했기 때문이라고 생각합니다.

사실 부부 사이가 좋고 내 삶이 행복하면 아들, 며느리 삶에 신경 쓸 새가 있을까요. 아이 키우느라 미뤄둔 꿈이 있었다면 그것에 매진해도 좋겠다는 생각이 듭니다. 아니면 전국에 맛집도 많고 경치 좋은 관광지나 바다와 산도 많고 뜨개질, 악기 연주, 에어로빅, 헬스, 골프, 탁구, 배드민턴 등 다양한 취미에 마음만 먹으면 하루가 모자랍니다. 이 기회에 자신을 돌아보는 시간을 갖고 시대를 앞서간 트렌드 리더가 되어 며느리에게 존경받는 시부모가 되어 보면 어떨까요.

자신의 이름을
찾으세요

여성은 결혼하면 호칭이 바뀝니다. 여보, 아내, 집사람, 며느리, 아줌마, 누구 엄마, 시어머니, 할머니…. 이건 모두 역할에 대한 호칭입니다. '너의 역할은 무엇이다'라고 말해주고 있습니다. 결국, 이 역할을 하는 '사람'은 중심에서 물러나 있습니다. 마치 이 역할을 하는 사람은 누구든 상관없다는 것처럼 말이죠. 연극이나 뮤지컬에서는 더블캐스팅이라는 것을 합니다. 주인공 역에 한 사람이 아닌 두 사람 이상 뽑는 것이죠. 건강상의 이유도 있고, 예기치 못한 사고로 공연을 못 할 경우를 대비해서입니다. 이렇듯 여러 이유가 있지만 중요한 사실은 언제든 그 역할을 대신할 사람이 있다는 것입니다. 그래서 이런 호칭은 사람이 수단으로 느껴지게 만듭니다. 책임감과 의무감이 한가득 담겨 있습니다.

물론 남자도 마찬가지입니다. 남편, 사위, 아저씨, 누구 아빠, 시아버지, 할아버지…. 그러나 직장 생활을 하기 때문에 자신의 이름이 새겨진 명함을 만들고 새로운 거래처 사람을 만날 때는 자신의 이름을 말합니다. 여성도 맞벌이를 할 때는 남자와 마찬가지로 직장에서 이름을 사용합니다. 그러나 전업주부는 다릅니다. 이름을 말하고 불리는 횟수가 솔로 때와는 비교도 되지 않습니다. 남편과 함께 지인을 만나면 남편의 아내로 자신을 소개합니다. 아이가 태어나기 전에는 남편이 이름을 불러줄지 몰라도 아이들이 유치원이나 학교에 가게 되면 당장에 '누구 엄마'로 불립니다. 어쩌다 본인이 아파서 병원에 갔을 때나 이름이 불립니다. 이름 한 번 불리자고 아플 수는 없잖아요.

사이가 좋은 부부는 아내를 애칭으로 부른다고 합니다. 제가 생각해도 그런 것 같습니다. 그런데 이런 생각을 해 봅니다. 아내가 전업주부인 경우에는 종종 이름을 불러주면 좋겠다고 말이죠. 제가 불러주지 않으면 아내는 결혼 이후로는 이름 없이 사는 것입니다. 멀쩡한 전업주부가 어느 날

갑자기 존재감과 자존감이 낮아지는 이유는 전업주부로서 하는 일의 가치가 낮아서가 아닙니다. 자신의 이름을 잃어버린 채 살기 때문입니다. 이름이 자신인데 이름을 잃어버렸으니 중심을 잡지 못하는 것입니다. 안타깝게도 역할만이 남아 있지요. 이런 이유로 저는 아내의 이름으로 휴대폰 번호를 저장해 두었습니다. 그러면 전화를 받을 때마다 아내도 자신의 인생을 가진 사람이라는 것을 저 스스로 상기하게 됩니다.

상황이 이런데 아들이 결혼하면서 며느리에 시어머니라는 또 하나의 역할을 맡게 됩니다. 돌이켜보면 나이 든다고 내면의 아이가 사라지는 것이 아닙니다. 나이가 80이 되어서도 내 안에는 어린아이의 순수함을 간직하고 있습니다. 그런데 그 내면의 아이는 결혼 후에 자신을 불러주는 사람이 별로 없게 됩니다. 이런 이유로 처가에 가서 엄마 품에 안겨 어리광을 부리는지도 모릅니다. 어떻게 보면 시월드의 최대 피해자는 '시어머니' 자신입니다. 적어도 자녀가 독립 후에 갖는 부부기(재신혼기)에는 자신의 이름을 스스로 찾을 줄 알아야 합니다. 가장 쉬운 방법은 취미 활동을 위한 모임에 나가보는 것입니다. 모임에서는 서로 이름을 불러주는 일이 많습니다.

    잠자고 있는 내 안의 백설 공주를 불러 깨워보세요. 행여 갑자기 자신이 소녀처럼 행동한다고 놀라지 마세요. 오랜 잠에서 깨어난 백설 공주는 여전히 그대로니까요. 이제 시어머니들은 힘껏 외치고 당당히 걸어가야 합니다. 바로 자신을 위해서 말이죠.

    "굿바이, 시월드!"

상대가 싫어하는 건
하지 맙시다

인간관계에서는 상대가 좋아하는 것을 하기 전에 해야 할 일이 있습니다. 그것은 상대가 싫어하는 것을 하지 않는 것입니다. 아무리 좋은 것을 해줘도 동시에 상대가 싫어하는 것을 지속하면 아무 소용이 없습니다. 그런 의미에서 일진은 폭력도 폭력이지만 상대가 싫어하는 일을 하거나 하기 싫은 일을 억지로 시키는 습성이 있습니다.

어떻게 보면 시어머니는 며느리의 선배입니다. 며느리의 입장을 먼저 겪었으니까요. 며느리는 시어머니의 후배인 셈이죠. 그러면 시어머니가 며느리를 괴롭히는 건 일종의 빵셔틀이 되는 건가요? 자주 전화하라는 전화셔틀, 주말에 쉬지도 못하게 오라는 방문셔틀, 다 먹지도 못했는데 김치며 반찬을 또 가져다주시는 음식셔틀 등. 시어머니의 사랑과 관심을 너무 비약했다고요? 원하지 않은 도움은 과잉친절이듯 시어머니의 이런 행위는 아들에게는 과잉 보호, 며느리에게는 과잉 간섭입니다. 제일 안타까운 건 해주고도 욕먹는 것이 아닐까요. 그런 의미에서 도움은 미리 주는 게 아니라 도움을 청할 때 줘야 '고맙다'는 말이라도 듣습니다. 집안 살림에 있어서는 특히 더 그렇습니다.

저희도 어머니께서 집에 오셨을 때 가끔 싱크대 청소를 하셔서 아내가 불편해했더랬죠. 저희는 다행히 이런 경우는 없었지만, 시어머니께서 맞벌이하느라 아들, 며느리가 없는 빈집에 오셔서 집 안 청소며 설거지를 해주고 가시는 경우도 있습니다. 며느리는 시어머니가 자신의 영역에 무단으로 들어왔다는 사실만으로도 거부감이 듭니다. 왜냐하면 가정 살림은 며느리의 고유한 영역이기 때문입니다. 예를 들어, 내 마음을 읽을 수 있는 능력을 가진 사람이 내 앞에 나타났다고 가정해 봅니다. 그 상황 자체가 불편합니다. 내 마음을 일방적으로 들키는 것이니까요. 며느리는 시어머니가 아무도 없는 집에 들르는 것을 이처럼 느낍니다. 마치 숨기고 싶은 것을 들킨 기분이니까요. 냉장고에 이미 채워진 어머니 반찬과 스타일이 수용 불가한 손주 옷, 그걸 또 억지로 받아야 하는 무단 전달은 또 어떤가요. 전에 주신 반찬도 아직 남았는데 냉장고에 자꾸만 쌓여가고 결국 멀쩡한 음식이 버려집니다. 시어머니께서 주신 아이들 옷을 입히자니 며느리는 마음에 들지 않고 안 입히자니 시어머니께서 왜 당신이 사준 옷을 입히지 않냐고 하십니다. 입히지도 버리지도 못하는 고민 속에 어느 경우든 시어머니와 며느리 중 한 사람은 분명 스트레스입니다.

며느리는 남편에게 불만을 토로합니다. 남편은 중간에서 쩔쩔맵니다. 오히려 반대로 어머니 음식이 더 맛있다거나 '당신이 요리할 시간이 없어서 대신 해 주시는데 좋지 않냐'는 식으로 나오기까지 합니다. 이렇게 시어머니 편을 드는 남편이라면 결국 대화는 싸움으로 번집니다. 가정엔 미움과 다툼이 가득합니다. 정식 어원은 아니지만 '아내'라는 말이 "집 안의 해(태양)"이라는 의미로 가정의 해, 밝은 빛을 비추는 따뜻한 햇살같은 존재라고 주장하는 경우도 있습니다. 그런데 아내가 고부갈등의 스트레스로 인해 집안이 온통 먹구름에 천둥, 번개가 친다면 내 만족(그것이 행복인지는 모르겠습니다)을 위해 자녀와 손주를 불행하게 하는 것입니다. 이렇게 고부갈등은 며느리뿐 아니라, 당신의 아들과 손주까지 괴롭히는 것입니다. 이것은 의도인가요, 어리석음인가요.

아들의 앞길을 막는 사람이 바로 시어머니입니다. 이것을 아시는지 모르시는지 멈추지 않고 한결같이 당신의 방식을 고수하십니다. 이로 인한 고부갈등이 누구를 위해서, 무엇을 위해서 생기는 것인지 모르겠습니다. 시부모가 스트레스를 주는 만큼 당신의 아들도 스트레스를 받습니다. 이것을 알고도 이러한 갈등상황을 멈추지 않는다면 자녀의 행복을 위한다는 것도 거짓입니다. 사실은 자신의 만족을 위한 것입니다. 이기심일 뿐이죠. 적어도 아들이 부모님의 간섭에 이래저래 힘들다고 말하면 싫다는 뜻입니다. 그런데도 멈추지 않고 계속해서 갈등 상황을 만드는 부모가 있다면 손절해야 합니다. 그것이 무지든 이기심이든 인생에 있어 마이너스입니다. 서둘러 손절해야 더 큰 손실을 막을 수 있습니다.

고부갈등을 푸는 첫 단계는 상대가 싫어하는 것을 하지 않는 것입니다. 그리고 그 열쇠는 '시어머니'가 가지고 있습니다. 부디 열쇠를 꺼내 자물쇠를 열어 갈등의 원인을 풀어주고 각자의 자유를 누리기를 바랍니다.

부모가 자식에게
바라는 효도

부모가 되어보니 진정한 효도는 이런 게 아닌가 싶습니다.

첫째, 건강입니다. 부연설명이 필요할까 싶습니다. 가족분만실에서 정신없던 순간을 지나 신생아실에서 차분히 아이를 보게 됩니다. 이때부터 우리는 마음의 소리가 밖으로까지 나오는 줄도 모른 채 "건강하게만 자라다오" 하고 기도합니다. 한평생을 살면서 무탈하게 보내는 것만큼 감사한 일이 없습니다. 그런데 아이가 학교에 입학하면서부터 부모의 그 마음이 조금씩 변하기 시작합니다. 정확히는 성적표를 받아오는 날부터라고 해야 할까요. 우리는 건강하고 해맑은 아이에게 "성적이 이게 뭐니? 너 정말 공부 안 할 거야?" 하며 채근합니다. 아이는 신생아실에서 들었는지 못 들었는지 모를 우리의 기도대로 건강하게 잘 자라고 있는데 말이죠. 이건 아이 탓이 아닙니다. 공부 재능을 물려주지 못한 부모의 책임이며, 부모의 기도를 이루게 해준 하늘에 추궁해야 할 일입니다. 이렇게 말했다면 모르겠습니다.

"건강하고 공부 잘하는 아이로 자라다오."

물론 사람의 마음이 간사해서 건강하면 공부도 잘했으면 좋겠고, 그다음엔 좋은 대학에 입학했으면 좋겠고, 그다음엔 좋은 직장에 들어갔으면 좋겠다는 바람이 꼬리에 꼬리를 물고 이어집니다. 그런데 자식이 아프거나 크게 다쳐서 병원에 있는 수많은 부모의 마음은 어떨까요? 건강하기만을 바라는 처음의 그 마음입니다. 이렇듯 부모에게 최우선적인 위안은 자녀의 건강이라는 것을 잊지 말아야 합니다.

두 번째는 바로 자녀의 행복입니다. 중요하지만 익숙하지 않은 개념입니다. 자녀가 행복하게 사는 게 효도라는 말입니다. 문제는 부모의 뜻대로 사는 게 자식에게도 행복일 거라고 생각한다는 점입니다. 그렇다면 부모의 뜻을 거스른 사람은 불효자인가요? 그렇지 않습니다. 그저 행복하게 살면 됩니다. 물론 그 기준은 자신만의 기준일 수도 있지만,

당당히 "행복하게 살고 있습니다"라고 말할 수 있으면 됩니다. 그 모습이 비록 부모의 기준에 맞지 않거나 부모가 바라는 삶이 아니더라도 '행복하다'는 자녀의 말에 부모는 위안이 됩니다. 오히려 부모의 뜻에 따라 억지로 의사, 판사, 변호사가 되거나 대기업에 취직해서 부모님과 타인의 기준에 맞춰 사느라 우울하고 불행한 것보다는 낫습니다.

부모가 원하는 직업을 가졌다고 모두가 행복하지 않듯이 부모님의 뜻을 따르다가 자신의 행복마저 잃어버릴 수 있습니다. 의사가 되었지만, 자신이 원하는 영화배우(할리우드 배우 켄 정)가 된 경우도 있고, 변호사를 그만두고 작가(『파친코』이민진 작가)가 되거나 레고 공인 예술가(브릭 아티스트 네이선 사와야)가 된 경우도 얼마든지 있습니다. 영화 〈세 얼간이〉에서 주인공의 친구 중 한 명이 이런 경우였죠. 주인공 친구는 부모의 바람으로 최고의 공과대학에 입학했지만 늘 꼴찌였습니다. 그는 사진작가의 열정은 있었지만, 공학도의 열정은 없었기 때문입니다. 결국 부모님도 자식이 원하는 삶, 곧 행복한 삶을 막지는 못했습니다. 이렇듯 자식이 행복한 삶을 산다면 그것을 마다할 부모가 있을까요?

마지막 세 번째는 함께한 추억입니다. 나이가 들면 추억으로 산다고 합니다. 자녀가 결혼해 공간적·심리적 이별을 하고 나면 부모는 자녀와 함께한 기억을 추억이라는 필터를 통해 꺼내 봅니다. 추억은 나쁜 기억을 떠올릴 때 사용하는 단어가 아닙니다. 이렇듯 어느 순간 꺼내 볼 추억이 나이가 들수록 더 필요합니다. 그러니 가끔은 최신으로 업데이트를 해 드리면 좋습니다. 작년보다는 올해, 올해보다는 지난달에 와서 함께한 기억이 필요합니다. 아버지 생신에 갔던 오리구이집에서 아버지께서 '오리가 싫다'고 하셔서 서로 당황스러웠던 기억. 설에 세배하다가 절을 두 번째 하고 있는 저에게 "왜? 세 번 하려고?" 하셔서 두 번째 절을 하다가 그대로 앉아버린 재미난 기억. 오해하면 안 됩니다. 이건 자녀의 몫이지, 며느리의 몫이 아닙니다. 며느리는 본인의 부모님과 추억을 쌓으면 됩니다. 이것이 진정한 '셀프효도'입니다. 배우자에게 부담 주지 말고 본인이 직접 부모님께서 평소에 꺼내 보실 추억을 채워드리면 좋습니다. 효도는 특별하지 않습니다. 이렇듯 자녀는 빈손으로 와도 추억이 쌓입니다.

부모가 원하는 것을 무조건 맞춰드리는 게 효도가 아닙니다. 만약 그로 인해 생긴 고부갈등으로 악몽과 같은 일들이 기억으로 남겨진다면 그것이 불효입니다. 부모님은 정작

효도가 무엇인지 모르실 수 있습니다. 제가 셀프효도하면서 당당한 이유입니다. 현재 나의 삶이 건강하고 행복한지 돌아보세요. 그리고 난 후 부모님과 함께 추억을 쌓아가세요. 그게 바로 효도입니다.

좋은 시부모는
저절로 되지 않아요

찍기로 우등생이 될 수 있을까요? 직접 해본 입장(?)에서 그건 불가능에 가깝습니다. 찍기로 서울대에 갔다는 얘기는 아직 들어본 적이 없습니다. 그렇다면 우등생이 된다는 건 공부를 해야만 된다는 얘기입니다. 죄송합니다. 너무 당연한 얘기를 했나요? 그런데 우리는 이 당연한 걸 안 합니다. 여기서 떠오르는 질문이 하나 있습니다.

'당신은 인생을 찍기로 살아가고 있지 않나요?'

이게 대체 무슨 말이냐고 반문할 것입니다. 앞서 말했듯이 우등생은 찍기로 될 수 없다면서 인생 우등생이 되기 위해서는 공부를 하지 않습니다. 인간관계나 세상살이도 마찬가지입니다. 공부하지 않고 내 생각대로만 살면 타인과의 불협화음과 각종 문제가 발생합니다. 관계에서 자주 오답을 선택한다는 것이죠. 왜냐하면 내 생각대로 산다는 것은 모든 것의 기준이 자신인 것입니다. 그래서 기본적으로 내 생각이 옳다는 생각에서 말과 행동이 나오게 됩니다. 내 생각이 옳은데 내 생각과 다르면 옳은 것이 아니니 당연히 틀린 것이 됩니다. 그러므로 타인의 생각은 다르다기보다 틀린 생각이라고 착각하게 됩니다. 다행히 그것을 넓은 시야에서 포용하면 좋은데 그게 안 됩니다. 마치 꼴찌가 자기 생각대로 시험을 보고는 채점도 안 하고 오답 체크도 안 한 채로 문제를 모두 맞췄다고 생각하고 살아가는 꼴입니다. 인생에서도 우등생이 되려면 교과서든 자습서든 인터넷 자료 등 열심히 반복하며 공부해야 합니다. 인간관계에 문제가 있다면 '인간관계'에 관해서, 부부간의 문제가 있으면 '부부관계'에 관해서, 자녀와의 관계에 문제가 있으면 이 문제와 관련된 공부를 하는 게 당연합니다. 이 당연한 걸 사람들은 안 합니다. 대부분 자신의 경험에 의존해서 살아갑니다. 그래서 고집이 더 세집니다. 숫자 중에 10이 완성을 뜻하는데 사실 현실에서는 불가능한 개념으로 본다고 합니다. 오늘 나의 바둑 실력이 완성되었다면 내일의 나는 더 새로운 수를 깨닫거나 실력이 늘 수가 없으니까요. 아니, 늘어서는 안 됩니다. 완성은 그것으로 끝이니까요. 더 향상되는 변화가 있을 수 없습니다. 그러나 현실은 그렇지 않죠. 그래서 공부하면 할수록 나보다 뛰어난 사람이 있다는 것도 깨닫고 공부하면 할수록 공부할 게 많다는 것도 깨달아서 제대로 공부한다면 겸손해질 수밖에 없습니다. 타인의 생각 또한 내가 미처 깨닫지 못한 생각일 수 있다는 사고가 생깁니다.

'꼰대'는 이런 사고의 폭이 좁고 유연함이 훈련되지 않은 사람입니다. 어떻게 보면 고부갈등을 일으키는 시어머니는 가정 내 꼰대라고 할 수 있습니다. 젊은 사람들도 생각이 유연하고 예의있는 어른을 좋아합니다. 나이가 많다고 무조건 부정하는 것이 아닙니다. 결국 소통은 다름에 대한 열린 사고와 포용이 있을 때 가능하다는 측면에서 공부하지 않는 사람이 바로 불통의 주범입니다. 요새는 '젊은 꼰대'도 많다고 합니다. 갑질이나 불통은 결국 나이와 상관없이 공부하지 않는 사람의 성향이라고 볼 수 있습니다. 사실 관계가 불편하다는 것은 반드시 둘 중 한 명에게 문제가 있다고 볼 수 있습니다. 최악의 경우엔 둘 다 문제가 있을 수도 있습니다. 그래서 만약 고부갈등을 겪고 있으면서 자신이 평소에 주변인과 문제가 자주 발생하는 경향이 있다면 바로 그 사람이 원인이라고 보면 됩니다. 그것은 나이 든 꼰대인 시어머니일 수도 있고 젊은 꼰대인 며느리일 수도 있습니다. 물론 둘 다일 수도 있습니다.

　나는 문제가 없다고 생각하시나요? 혹시 관계에서 100% 상대방 과실이라고 생각하기보다 나에게도 단 몇 %의 과실이 있을 수 있다고 본다면 나 자신부터 공부하는 것이 바람직합니다. 이미 일이 꼬일 대로 꼬이고 관계가 틀어지고 나서 깨닫는 건 누구나 할 수 있습니다. 그러나 이미 지나온 사람들이 깨닫고 남겨 놓은 지혜를 이삭 줍듯 담아서 지혜의 자루에 담다 보면 경험하기 전에 어리석은 선택을 피할 수 있습니다. 행복은 공짜로 주어지지 않습니다. 잘 갈고닦은 마음과 인격이 줍니다. 공부해서 남 안 줍니다. 공부는 안전자산입니다. 공부합시다.

우리 부부의
'독립 만세'를 외치다

저는 예비 시부모의 입장에서 이 글들을 쓰고 있습니다. 상상해 봅니다. 어느 날 며느리가 손님으로 찾아와 아들을 데리고 나가겠다고 말합니다. 그리고 아들이 결혼합니다. 이후 아들은 신혼집에서 사느라 더는 우리 집에 머물지 않습니다. 아직 아들이 미혼이지만, 저는 상상만 해도 신이 납니다. 저희 부부는 드디어 아들의 양육이라는 굴레에서 벗어난 것입니다. (물론, 생이별에 허탈하고 착잡한 마음도 들겠죠. 저도 부모랍니다.) 오해 말기를 바랍니다. 저희 부부는 아들을 사랑합니다. 그러나 아들에겐 부모의 사랑이 아닌 다른 사랑이 필요할 때가 되었고, 저희는 그것을 받아들이기로 했다는 의미니까요.

"어머니가 중요합니까? 아내가 중요합니까?"라는 질문에 알리바바 그룹 회장인 마윈이 이렇게 답했다고 합니다.

"어머니는 나의 1/3의 인생을 책임지지만, 아내는 내 인생의 2/3를 책임진다."

그렇습니다. 며느리는 아들을 입양해 간 것입니다. 마찬가지로 아들은 며느리를 입양했습니다. 서로 키워보겠다고 말이죠. 아들이 30세 전후에 장가를 간다고 가정해봅니다. 90세를 기준으로 보면 우리는 아들을 1/3만 키워준 것입니다. 며느리는 나머지 60년을 키워보겠다고 데려간 거죠. 아들이 다 큰 거 아니냐고요? 절대 그럴 리 없습니다. 저희가 가르친 게 별로 없거든요(지금의 저도 부모님을 벗어나 수많은 경험을 통해 간신히 사람 구실 하고 삽니다).

저희 부부는 예비 시부모로서 자녀의 결혼을 '자녀의 독립'이자 '우리 부부의 독립'으로 여깁니다. 사람은 기본적으로 타인의 지배와 간섭을 싫어합니다. 자유로운 영혼으로 사는 삶이 바로 행복입니다. 우리가 자녀를 위한다고 하는 간섭은 그들의 행복을 침해하는 것입니다.

너무 거창한가요? 우리의 인생도 여러 단계로 나눠집니다. 그것을 생활 단계라고 합니다. 즉 사회 일반 생활 주기의 단계로 개인의 생활 주기는 유아기, 아동기, 청년기, 중년기, 고령기로 나누어지며, 가족의 생활 주기는 신혼기, 육아기, 교육기, 자녀 독립기, 자녀 독립 후 부부기, 노부부기, 독신기 따위로 나누어진다더군요.

저는 가족의 생활 주기, 결혼 생활을 크게 4단계로 보았습니다.

1기 - 신혼기
2기 - 육아기 / 교육기
3기 - 자녀 독립기 / 자녀 독립 후 부부기(재신혼기)
4기 - 노부부기(황혼기) / 독신기

결혼 후 자녀가 생기기까지 1기, 자녀가 태어나고 출가할 때까지 2기, 자녀가 출가한 후가 3기, 마지막 4기는 황혼기입니다. 고부갈등이 없다는 전제에서 각 단계의 생활을 살펴봅니다.

1기는 달콤합니다. 연예 시절처럼 여전히 둘만의 시간을 가질 수 있는 시기죠. 딩크족을 꿈꾸는 이들은 이 달콤한 단계에 머물고자 합니다. 그러고는 신혼기에서 바로 4기, 노부부기(황혼기) / 독신기로 넘어가려 하는 것입니다.

오롯이 부부의 삶에 충실하겠다는 거죠. 물론 자의가 아닌 '불임'으로 인한 어쩔 수 없는 경우도 있습니다. 의지에 따라 '시험관 아기, 입양'이라는 대체 수단을 통해 2기로 넘어갈 수 있습니다. 여하튼 1기는 연애의 연장입니다. 여전히 둘만의 소꿉놀이가 가능합니다.

2기는 육아기, 교육기로 부부로서 서로에게 집중하기보다는 자녀가 삶의 중심이 됩니다. 이때는 부모의 역할이 주가 됩니다. 자녀가 생기면 부부는 공동육아, 즉 부모모드로 들어가기 때문에 서로에게 소홀해질 수밖에 없습니다. 결혼 후 아이를 빨리 가졌을 때는 더더욱 그렇습니다. 이렇듯 자녀가 독립할 때까지 부부가 중심이 되는 삶이 아니게 됩니다. 그사이 육체는 노화되어 1기 시절의 매력들이 서서히 사라지는 것을 느낍니다. 에너지는 일과 자녀에게 쏟아내느라 배우자에게 쓸 에너지가 많지 않습니다. 대체로 이때 위기가 옵니다.

어느새 부부는 3기를 맞게 됩니다. 이 단계는 자녀 독립기, 자녀 독립 후 부부기입니다. 성인이 된 자녀는 부모를 떠나 독립적인 공간을 갖습니다. 부부는 제2의 신혼처럼 오롯이 둘만의 시간을 갖게 됩니다. 이곳까지 왔다면 자랑스럽게 생각해도 될 것 같습니다. 사계절을 나면서 계절의 맛

뿐 아니라 인생의 뜨거운 맛, 매운맛, 신맛, 쓴맛 다 겪어보 았으니 말입니다. 저희는 아직 예비 시부모이기 때문에 해 당이 없지만 3기이신 부모님과 다른 분들을 보고 느낀 점은 '괜찮은데?'였습니다. 여기엔 전제가 있습니다. 2기 때 자녀 양육과 집안일에 대한 참여 여부, 생계비, 외도 문제로 인해 신뢰에 큰 금이 가지 않은 이상(이런 분들은 황혼 이혼각이 지만 그럼에도 극복했다면) 3기에서는 다시금 배우자를 바 라보게 됩니다.

그동안 다른 곳에 소비하던 에너지를 다시 1기 때처럼 배우자에게 집중한다면 공통의 추억과 애틋한 정으로 인해 평온함을 느낄 수 있습니다. 적어도 무탈하게 3기로 넘어오 신 분들은 그렇습니다. 그리고 어렵지 않게 예측 가능합니 다. 여성은 남성호르몬이 증가하고 남성은 여성호르몬이 증 가하여 반대의 성을 이해하도록 설계되어 있기 때문입니다 (이것을 집안의 주도권에 대한 축의 변환으로 인식하기도 합니다).

그런데 자녀가 독립한 후에도 여전히 2기에 머문다면 '자녀 독립 후 부부기(개인적으로 '재신혼기'라고 부르겠습 니다)'를 놓쳐버리는 것입니다. 시부모는 3기로 넘어가야 함에도 여전히 2기에 머물러서 배우자에게 충실하지 못하는 우를 범하게 됩니다. 이 소중하고 애틋한 재신혼기(자녀 독립 후 부부기)를 방치하기 때문에 다른 사람을 통해(?) 다시 '신혼기'를 갖고자 하는 경향이 높아집니다. 이런 일을 방지하기 위해서라도 자식의 가정, '남의 나라' 말고 내 가정, '내 나라' 운영에 집중해야 합니다. 자녀가 출가한 후에도 자녀의 가정을 '독립국가'로 인정하지 않고 속국 취급을 하거나 내정간섭을 멈추지 않으면 강력한 '저항군'과의 충돌을 피할 수 없습니다. 서로 쓰라린 상처만 남게 되겠죠. 두 마리 토끼를 잡으려다가는 한 마리도 못 잡는다고 하죠? 인생에서 한 마리 토끼를 잡아야 한다면 바로 자신의 가정이지 자녀의 가정이 아닙니다.

마지막으로 4기는 자식이 가정을 꾸리고 손주를 낳은 경우입니다. 이 시기는 자식이 부모가 되어 부모를 이해하는 단계입니다. 비로소 부모와 자식이 서로 같은 입장이 되는 거죠. 부모를 이해하려면 부모가 되어야 하는 이유입니다. 부모 입장에서는 자신의 젊음과 생명은 황혼을 맞이하지만 자식과 손주를 통해 이어지고 있다는 기쁨으로 살아갑니다. 이때 부모가 건강이 허락한다면 손주를 돌보거나 반대로 건강상의 문제나 고령화로 인해 자식과 다시 연결되는 시기입니다. 서글프지만 자식은 늙고 쇠약해진 부모를 보면서 '메멘토 모리', 인간은 언젠가 죽는다는 겸허한 마음을 배웁니다. 이렇듯 부모는 삶 자체로 자녀에게 가르침을 주는 존재라고 할 수 있습니다.

다시 본론으로 돌아오면, 영화 〈님아, 그 강을 건너지 마오〉의 주인공은 재신혼기가 황혼기까지 연결되어 있습니다. 두 분이 고령임에도 젊은 신혼부부 못지않은 애틋하고 꿀 떨어지는 생활을 하셨던 것이죠. 인생은 한 번이고, 내 옆에 있는 배우자는 결혼으로 맺어진 인연입니다. "살아봤다"라는 말로 표현되는 결혼이 아니라 "행복했어"라고 말할 수 있는 결혼 생활을 하는 것이 가장 의미 있는 욜로가 아닐까요.

겪어보니 고부갈등은 결혼 생활의 암적인 요소입니다. 생명을 위협하는 암은 제거해야 할 대상입니다. 암을 키우는 건 어리석은 짓입니다. 그래서 우리는 '완전한 독립'을 통해 고부갈등을 없애고 재발하지 않도록 해야 합니다. 혹시 이렇게까지 독립을 할 가치가 있냐고 물어본다면 우리나라 대한독립의 가치를 따져 뭐할까요? 그것은 그냥 좋은 것이 아니라, 환희의 축제입니다! 미래의 며느리에게 이렇게 말해주고 싶군요.

"우리를 독립시켜 주어서 고맙습니다. 며늘님!"

PART 4

우리는 충분히 행복한

가족이 될 수 있다

비혼 시대,
며느리의 의미

　　　　　이런 경험이 있습니다. 우연히 서점에서 한 권을 들었는데 너무 재미있어서 그 자리에 서서 모두 읽었습니다. 1시간 30분 정도의 시간이 지난 것 같았습니다. 그러고는 그 책을 구매했습니다. 왜 다 읽은 책을 샀냐고요? 갖고 싶으니까요. 집에서 두고두고 보고 싶으니까요. 누구나 자신이 좋아하는 물건이 있습니다. 일반적으로 좋아하는 물건은 소유하고자 합니다. 그런데 사랑하는 사람과 결혼을 하지 않는 것은 마치 좋아하는 물건을 필요할 때만 빌려 쓰는 것과 같습니다. 공유 차를 빌려 탄다고 생각해 봅니다. 그 차는 내가 필요할 때만 빌립니다. 그리고 빌린 목적이 끝나면 반납합니다. 이게 전부입니다. 어떻게 보면 구매하지 않는다는 것은 그 물건을 정말 좋아하지 않는 것과 같습니다. 갖고 싶은 것은 돈이 없어도 몇 달을 모으고 모아서라도 사니까요. 물건도 좋아하면 소유하는데 왜 사랑하는 사람은 방치할까요? (물론 결혼이 사람을 소유한다는 개념은 아니지만, 비유하자면요.)

얼마 전 유튜브에서 비혼주의자들의 대화를 들은 적이 있습니다.

"10년 뒤에도 우리 사랑하고 있을까?"

"아니, 모르겠는데."

"헉!" (상대 여성은 매우 놀라며 허탈한 웃음을 지음)

인간은 내일 일도 모르고 10년 후 일도 모른다지만 자신의 꿈을 이야기할 때 "나는 반드시 해내고 말 거야"라고 말하는 게 멋집니다. 비록 꿈이 바뀌거나 포기하는 날이 온다 해도 말이죠. 물론 이혼도 많고 결혼 전에 헤어질 수도 있지만 "죽을 때까지 널 사랑해"라는 말도 못 들어 본 사람이 과연 행복할까요? 이런 말을 망설이는 본인은 행복할까요? 헤어질 때 "거봐. 사람 일은 모르는 거라니까!"라고 말할 건가요? 아니면 헤어질 때 헤어지더라도 지금은 상대만 바라보고 진심으로 지금에 충실할 건가요? 생각과 말이 바뀌면 어떤가요? 그게 두려워 확신 없는 말을 한다는 것이 더 비참하지 않나요? 확신해도 불확실한 미래인데 처음부터 확신 없는 말이라니.

비혼주의자 중에는 "결혼을 안 하는 건 무책임이 아니다"라고 말하는 사람도 있더군요. 아무것도 하지 않았는데 무슨 책임이 있느냐는 얘기입니다. 어떤 면에서는 맞는 말입니다. 하지만 사랑하는 사람을 책임지지 않기 위해 결혼을 하지 않는 것, 어쩌면 그 사람에 대한 더 큰 무책임이 아닐까요? 구더기 무서워 장 못 담근다는 말이 있습니다. 구더기를 걷어내면 맛 좋고 건강에도 좋은 장을 얻을 수 있는데도 말이죠. 미혼자들은 선후배 기혼자에게 결혼에 관해 묻습니다.

"결혼하니까 행복해?"

과연 망설임 없이 "당연히 행복하지"라고 말하는 사람이 얼마나 될까요. 그리고 기혼자들끼리 묻는 뻔한 질문이 있습니다. 기혼자들은 간혹 들어봤을 질문입니다.

"다음 생이 있다면 지금의 배우자와 다시 결혼하겠습니까?"

"네."라는 대답이 망설임 없이 나오나요? 아니면, 숨이 턱 막히나요? 머릿속이 하얘지나요? 아마 후자가 대다수, 아니

대부분일 것입니다. 과연 우리의 결혼은 그들의 비혼과 동거보다 행복한가요? 행복한 결혼생활을 하는 결혼 선배가 많아지고 그 지혜와 노하우가 전해진다면 굳이 비혼을 고민하지도 않겠죠.

그런 의미에서 며느리는 매우 특별합니다. 이 와중에 아들과 결혼을 하기로 했으니까요. 결혼을 왠지 구식의 가족 형태처럼 몰아가고 있지만, 비혼이 의미가 있다면 결혼도 의미가 있습니다. 비록 비혼보다 '쿨'하지는 않아도 결혼을 선택하는 커플이 많아지도록 다음과 같은 대화를 하는 부부가 많아지기를 바랍니다.

"나랑 결혼해서 행복해?"

"물론이지."

"다시 태어나도 나랑 결혼할 거야?"

"그럼, 당연하지."

친해지는 데는
시간이 필요합니다

인생을 살다 보면 우선순위가 있습니다. 결혼과 함께 생기는 관계의 우선순위는 다음과 같습니다. 결혼하면 신부는 아내가 됩니다. 다음엔 엄마가 됩니다. 그리고 그다음에 며느리가 되어야 합니다. 처음부터 며느리의 역할이 커지면 정작 중요한 아내와 엄마의 역할에 문제가 생깁니다. 그러다 결국 가정에 문제가 발생합니다.

서커스에 보면 여러 개의 공을 위로 던져 다른 한 손으로 받기를 반복하는 '저글링'이라는 묘기가 있습니다. 만약 공이 1개면 어떨까요. 공이 오른손에 있다고 해보죠. 오른손으로 던져서 왼손으로 받으면 됩니다. 연습이랄 게 필요할까 싶습니다. 만약 공이 2개라면 어떨까요. 양손에 공이 하나씩 있습니다. 오른손에 있는 공을 던지고 그 순간 왼손에 있던 공을 던지고 왼손으로 먼저 받고 오른손으로 나머지 공을 받습니다. 손도 2개라 그런지 공이 2개라도 그다지 어렵지 않습니다. 이제 공이 3개 있다고 생각해 봅니다. 이건 좀 난이도가 있어 보입니다. 왼손에 공이 하나 오른손에 공이 2개. 오른손으로 공 하나를 먼저 던지고 왼손의 공을 던집니다. 그리고 오른손에 있던 나머지 공도 던집니다. 그리고 왼손으로 공을 잡자마자 또 던지고 오른손도 마찬가지로 합니다. 그렇게 하나의 공이 공중에 떠 있는 동안 양손은 공을 잡고 다시 던지기를 반복합니다. 실제로 해보면 생각보다 쉽지 않아서 연습이 필요합니다. 연습량은 사람마다 다르겠지만 말이죠. 그렇다면 공이 4개, 5개라면 어떨까요? 훨씬 많은 연습이 필요하겠죠? 만약 공이 아니라 달걀로 연습을 한다고 치면 수백 마리의 닭이 희생되는 것을 각오해야 할지도 모릅니다.

결혼은 마치 3개 이상의 공을 가지고 저글링 하는 것과 같습니다. 솔로 시절은 하나의 공으로, 둘이 연애를 하는 건 2개의 공으로 저글링 하는 것입니다. 연애도 어렵다는 사람들은 분발하기 바랍니다. 최소한의 인간관계에 관한 공부와 노력이 요구되는 상황이니 말입니다. 그런데 문제는 연애 시절의 저글링과 결혼 후의 저글링은 차원이 다릅니다. 전혀 새로운 관계라고 볼 수 있습니다. 시댁이라는 공이 하나 더 주어진다는 것, 아이가 생긴다는 건 또 다른 공이 생긴다는 것을 의미합니다. 아이가 늘수록 공은 더 늘어만 갑니다. 일단 연습할 시간이 부족합니다. 바로 실전입니다. 실제로 공 3개로 하는 저글링은 한 번에 성공하는 게 쉽지 않습니다. 앞서 말했듯이 공이 아닌 달걀로 저글링을 한다고 생각해보면 한 번 실패는 적어도 하나의 달걀이 깨진다는 것을 의미합니다. 때론 하나 또는 2개, 최악엔 손에 든 달걀이 모두 깨질 수도 있습니다. 손으로 받다가도 깨지고 놓쳐서도 깨지고. 달걀을 들고 실제로 해보면 알 수 있습니다. 이렇듯 달걀 3개 이상으로 하는 저글링에서 실패란 시댁이나 배우자 또는 자녀 중 상처받는 사람이 반드시 존재한다는 것을 의미합니다. 의도해서는 아니고 서툴러서겠지만 깨짐은 깨짐이고 상처는 상처입니다.

적응할 시간이 필요합니다. 일단 서로의 결혼 생활에 적응하고(배우자와의 2개짜리 저글링) 시댁과의 특별한 관계가 아닌 독립적인 관계(시가와 처가와도 각각 2개짜리 저글링)로 구분해서 적응할 시간이 필요합니다. 성인이 되어 사회생활을 하면서 윗사람을 대하며 지내왔습니다. 그것도 별탈 없이 말이죠. 그런데 유독 시댁 웃어른과의 관계가 어렵고 힘든 이유는 특별한 관계로 인식하기 때문입니다. 일단, 시댁과는 최소한의 관계만 유지합니다. 왜냐하면 제3의 공이 곧 들어오니까 말이죠. 아이가 생기면 바로 3개짜리 저글링이 됩니다. (Dink 족은 예외) 이 또한 연습 없이 실전입니다. 3개짜리 저글링을 하느라 우왕좌왕 좌충우돌 기진맥진 실수 연발 좌절 연속의 시기를 겪기 때문이죠.

시댁에 적응하기도 전에 아이가 생기는 일이 다반사입니다. 그러니 시댁의 공을 너무 빨리 저글링에 투입하면 안 됩니다. 그렇게 3번째 공과 4번째 공을 거의 한꺼번에 주면 단번에 공 4개짜리 저글링을 해야 하기 때문입니다.

자녀를 키워봐서 알겠지만, 자녀는 어른들의 인간관계가 아닌 전혀 새로운 인간관계입니다. 그 때문에 낯설기도 하고 부모라는 책임감에 부담이 되기까지 합니다. 이것만으로도 충분히 어려운 시기입니다. 그런데도 연습 없이 바로 실전입니다. 한 번의 실수가 주는 상처나 아픔이 꽤 큽니다. 그래서 더욱 예민해집니다. 이 와중에 시댁이라는 공까지 날아오면 감당이 될까요?

결혼은 엄밀히 둘만의 관계가 아닙니다. 그냥 아는 사람이면 안 보면 그만이지만, 시댁은 남편과 사는 동안 어떻게든 연결되어 있습니다. 그래서 척을 지면 안 된다는 생각에 더욱더 어렵습니다. 어려워서 또는 긴장해서 실수가 잦아집니다. 그래서 관계 맺기가 힘듭니다. 특히, 문자나 전화로 소통하는 젊은 세대에겐 대면하는 직접적인 인간관계가 더 어렵다고 하지 않던가요. 시간이 흘러 우리의 백년손님이 '저글링의 달인'이 되면 시댁이라는 공을 들고 '도전'을 외칠 날이 오지 않을까요. 설령 그렇지 않더라도 우린 그저 '잘 살고 있으면 됐다' 하자구요. 달인이 괜히 달인입니까. 하기 어려우니까 달인이죠.

결국은
인간관계입니다

상사나 회사가 싫으면 이직을 하면 됩니다. 그런데 시댁이 싫으면? 며느리는 이혼을 선택합니다. 안타까운 건 남편을 여전히 사랑하지만, 시어머니 때문에 이혼을 선택하는 경우입니다. 시어머니를 포기하려니 결국 남편도 포기해야 하는 거죠.

여성의 의식은 이제 남자와 동등해졌습니다. 일방적인 순종을 여과 없이 받아들이는 세대가 아닙니다. 한 사람의 성인으로 인정받기를 원하고 사회는 마땅히 그래야 합니다. 그러나 가정은 어떤가요? 우리는 급변하는 사회엔 그럭저럭 적응하고 수용하고자 합니다. 집 전화가 있는 집이 사라져가고 스마트폰으로 장을 보고 재택근무니, 원격회의니 하는 직장 문화도 금세 적응합니다. 그런데 유독 가정이라는 사회는 변화가 느립니다.

부부 관계, 고부 관계, 장서 관계 모두 따지고 보면 인간관계일 뿐입니다. 그래서 이 중 하나만 잘하는 능력이 있다면 다른 관계도 잘할 수 있습니다. 여러 관계인 양 구분해 놓았지만 결국 인간관계의 문제이기 때문입니다(물론 상대가 어떤 사람이냐에 따라 다릅니다). 반대로 이 중 하나를 잘 못 한다면 결국 다른 관계도 못 할 가능성이 큽니다.

평소 자신이 타인과 인간관계에서 마찰이 있는 편인지 아닌지 판단해 보세요. 만약 자신이 경직된 사고를 하는 편이고 타인의 다름을 인정하는 편이 아니라면 이 중 어떤 관계에서도 좋을 리 없습니다. 만약 이렇다면 고집이 세고 자신의 방식을 타인에게 강요하는 경향이 있다는 것을 의미하기 때문입니다. 너무 걱정할 필요는 없습니다. 자신이 문제인 줄 알면 관계는 좋아집니다. 그런데, 내일 당장 며느리가 들어올 텐데 평생 못 하던 일이 하루아침에 될까요? 글쎄요, 힘들겠죠? 그럼 포기할까요? 천만에요, 방법이 있습니다. 그럼, 며느리가 좋아하는 시어머니가 될 방법을 알아볼까요?

어느 TV 프로그램에서 며느리에게 설문했습니다. 제목은 '이런 시어머니 좋아요'였습니다. 과연 며느리는 어떤 시어머니를 좋아할까요? 다음은 3위까지의 순위입니다.

3위. 덜 신경 쓰는 시어머니

2위. 신경 쓰지 않는 시어머니

1위. 아예 신경 쓰지 않는 시어머니

예상하셨나요? 며느리에게 신경 쓰지 않으면 해결됩니다. 신경을 안 쓰면 안 쓸수록 순위가 올라가서 며느리가 좋아하는 시어머니가 될 수 있습니다. 쉽지 않나요? '말 안 하고 가만히 있으면 중간은 간다'라는 말이 있죠. 보통은 이렇게 하면 중간 순위인데 며느리한테 아무것도 안 하는 시어머니는 어째서 최상위가 되냐고요? 그렇게 하시는 분이 별로 없기 때문입니다. 며느리 맞이할 나이에 성격 바꾸느라 스트레스받지 말고, 간단한 방법으로 단숨에 1위를 해 보세요. 며느리 덕에 살면서 1위도 해보고 얼마나 좋은가요? 그런데 아이러니하게도 아무것도 하지 않는 게 가장 어렵다고 한다는 것입니다. 결론적으로 이 어려운 것을 해내기 위해서 우리 스스로 좋은 시부모가 되는 선택이 필수인 것입니다. 아예 신경 쓰지 않는 시어머니는 서로 '완전한 독립'을 하지 않고서는 불가능하니까요. 그런 의미에서 적어도 이 설문에 참여한 며느리들은 시어머니가 되었을 때 서로 '완전 독립'을 선언하고 실천하리라 믿습니다. 자신의 말에 책임지지 않으면 며느리가 싫어하는 '거짓말하는 시어머니'가 되기 때문이죠. 고부갈등은 필연적인 운명이겠죠. 문제의 시어머니와 다를 게 없다는 말입니다.

데일 카네기는 이미 오래전 우리가 '존경받는 시부모'가 될 수 있는 비책을 〈인간관계론〉에 남겨 놓았습니다.

> *1. 비난이나 비평, 불평하지 말라.*
>
> *2. 솔직하고 진지하게 칭찬하라.*
>
> *3. 다른 사람들의 열렬한 욕구를 불러일으켜라.*

1, 2번을 잘 지키고 타인에게 본이 되는 삶을 산다면 며느리는 시댁을 자발적으로 찾아오려고 할 것입니다. 반대로, 이 기본원칙을 어기고 있다면 앞으로 일어날 고부갈등의 원인은 바로 자신이라는 것을 기억해야 합니다. 다행인 건 이 문제를 해결할 수 있는 사람도 바로 우리 자신이라는 것입니다. 부디, 우리 세대의 불행은 우리가 끝내기를 바랍니다.

억지로 함께하려고
애쓸 필요는 없다

태어나서 지금까지 하나의 몸과 하나의 영혼으로 세월을 따라가다 지금에 이르렀습니다. 콩이나 파를 먹지 않던 입맛은 달라지고 건강을 위해 인스턴트 음식보다는 구수한 된장찌개나 얼큰한 김치찌개를 더 자주 먹고 배터질 때까지 먹던 음식의 양도 건강을 위해 소식을 하게 되는 변화를 겪었습니다. 희한한 건 희노애락애오욕(기쁨, 분노, 사랑, 즐거움, 슬픔, 미움, 욕심)의 감정은 여전합니다. 그러면서 이런 의문이 들었습니다. 어느새 자녀를 결혼시킨다니 '과연 우리는 어른일까? 부모님은 나를 결혼시키실 때 어른이셨을까? 사실 어른이라는 내가 따로 있기는 한가?'

사실 어른이 된다는 건, 어린 영혼 그대로 세상 경험이 많아지는 겁니다. 그러다 보니 보고 배우는 게 생깁니다. 부모가 되어 책임감이 늘어나고 타인에 대한 배려가 많아집니다. 정상적인 부모라면 말이죠. 그런데도 영혼은 그대로입니다. 예전과 똑같이 말하고 행동할 수 있지만, 그러지 않을 뿐입니다. 아직도 부모인 나는 여전히 내 부모에게 떼쓰고 어리광부릴 수 있습니다. 다만, 부모님께 부담이 되지는 않을까 자제하는 것뿐이죠.

너무 오해 말라는 얘기입니다. 시부모라고 뭐 대단한 어른이 아닙니다. 다만 세상을 먼저 경험한 영혼일 뿐입니다. 내게 묻는다면 내가 보고 듣고 깨달은 것들은 알려줄 수 있습니다. 만약 묻는다면 말입니다. 그러나 억지로 알려줄 순 없습니다. 잔소리가 되니까요. 묻지 않는다면 그 시간에 나 자신을 되돌아보겠습니다. 우리는 자문을 아무한테나 구하나요? 그 분야의 전문가나 존경할 만한 사람에게 묻습니다. 그래야 답에 신뢰가 가니까요. 며느리가 저의 전문분야임에도 묻지 않는다면 제가 존경할 만하지 않거나 불편해서 가까이하지 않겠다는 의지겠죠(대답을 길게 하는 경우에 묻지 않을 확률이 높습니다. 핵심만 짧게 답하자고요).

앞에서 얘기했듯이 저는 아내와 떨어져서 부모님과 함

께 산 적이 있습니다. 아들은 초등학교 1학년, 딸은 유치원 생일 때였습니다. 그때는 제가 돈을 벌지 못해서 부부 사이가 너무 안 좋았습니다. 결국, 따로 지낼 수밖에 없었습니다. 결혼 생활의 바닥이라면 바로 그때가 아닌가 싶습니다. 그렇게 36살부터 10년을 부모님과 지냈습니다. 부모님과 함께 지내면서 젊은 시절의 혈기왕성한 부모님이 아닌 차츰 쇠약해지는 모습을 지켜보게 되었습니다. 가끔 술 한잔 기울이면서 부모님의 과거사를 듣는 경우도 많았습니다. 그때 알게 되었습니다. 부모님 또한 고부갈등의 피해자였고 어느 순간 가해자가 되었다는 것도 모른 채 가해를 하셨다는 걸 말이죠. 이유야 어쨌든 부모님은 부모님대로 상처가 있었습니다. 저는 깨달았습니다. 억지 화해는 의미가 없다는 것을요. 모두가 이대로 편안하면 된 거 아닐까 하는 생각이 들었습니다. 타인의 시선 때문에 사회가 요구하는 가족의 형태에 맞추려다 짓이겨지고 찢기며 틀 안에 억지로 구겨 넣어지고 있던 그동안의 시간이 스쳐 지나갔습니다.

사람은 각자 운명의 강 위에서 서프보드를 타고 있는 게 아닐까 생각합니다. 강은 바다로 연결되어 있고 그 길은 이미 정해져 있습니다. 우리는 그저 그 위에서 안 넘어지려고 아등바등 안간힘을 쓰고 있습니다. 그러다가 강에 빠지면 보드를 부여잡고 다시 올라탑니다. 어느 정도 익숙해지면 더는 강에 빠지지 않고 나중에는 여유 있게 앉아도 가고 누워서도 갑니다. 그렇게 인생에 익숙해질 때쯤 죽음이라는 바다에 다다릅니다. 그렇게 자신의 선택과 상관없이 올라탄 운명의 강에서 견뎌내고 있었을 부모님께 측은함이 느껴졌습니다.

우리는 '강 위에서의 서핑' 선수가 된 영혼일 뿐입니다. 여전히 같은 영혼입니다. 물론 모두가 능숙한 선수가 되는 것은 아닙니다. 유난히 서툰 사람들이 있습니다. 저희 부모님처럼 말이죠. 그러나 이제 그분들에게 기대하지 않습니다. 서툴면 서툰 대로 부모님 방식대로 사시는 게 당신들은 편하니까요. 어떤 면에선 저도 그렇습니다. 사는 방식이 다르다는 이유로 함께해서 행복하지 않다면 억지로 함께하려고 애쓰지 말고 함께여도 행복할 수 있을 때까지 떨어져 있는 것도 필요합니다. 각자 자신의 방식대로 편하게 살면 되는 거죠. 137억 7천만 년이라는 긴 우주의 나이에 비하면 우리는 찰나를 살다 갑니다. 이렇게 보면 우리는 참으로 소중한 인연입니다. 이 찰나의 삶을 동시대에 함께 하니까요. 이 사실만으로도 이미 충분히 '함께'하고 있는 거랍니다.

당신은 어떤
배우자입니까?

다음은 최명기 정신과 전문의가 뽑은 최악의 배우자, 최고의 배우자입니다.

최악의 배우자

1. 폭력적인 사람

2. 각종 중독에 빠진 사람

3. 지나치게 집착하는 사람

4. 약한 사람을 무시하고 함부로 하는 사람

5. 무능하고 절제력이 없고 낭비하는 사람

6. 개념이 없고 비매너인 사람, 배려심이 없는 사람

7. 자기중심적 이기주의자

8. 돈만 밝히는 사람

9. 상황이 나빠지면 돌변하는 사람

10. 경제적, 정신적으로 상대방에 의존하는 사람

최고의 배우자

1. 다정다감하고 자상한 사람, 위로하는 사람

2. 성실하고 자기 일에 최선을 다하는 사람

3. 배려심이 강하고 타인에게 공감하는 사람

4. 처음과 끝이 한결같은 사람

5. 경제 관념이 있는 유능한 사람

6. 주변 사람들한테 친절한 사람

7. 약자에게도 따뜻하게 대하는 사람

8. 애정표현을 잘하는 사람

9. 매너좋고 신사적인 사람

10. 자신감이 넘치고 의욕적인 사람

그 외 다른 기관에서 실시한 설문조사에서는 인색한 사람, 부정적인 사람, 직선적인 사람, 가부장적인 사람, 자기주장이 강한 사람, 예민한 사람을 꺼리는 것으로 나타났습니다. 개인적으로 최악의 배우자와 최고의 배우자에 각각 한 명씩 추가하고 싶은 사람이 있습니다. 먼저 추가하고 싶은 최악의 배우자는 '고부갈등을 방관하는 사람'입니다.

1번과 2번의 마약, 도박 중독을 제외하고 나머지 항목에 해당하는 사람들에겐 '측은지심'이랄까 그런 감정이라도 들 수 있습니다. 그러나 '고부갈등'을 방관하는 배우자 특히 어머니 편을 드는 자는 '이혼'을 부르는 사람입니다. 배가 고프다고 자신의 꼬리를 먹고 있는 꼴이죠. 결국 효도한다고 어머니 편을 들다가 가정을 꾸리며 사는 효도를 못 하게 됩니다. 그렇게 어머니 품으로 돌아가지만, 그때부터 어머니의 근심과 걱정의 존재가 됩니다.

다음으로 추가하고 싶은 최고의 배우자는 '고부갈등으로부터 아내를 지켜주는 사람'입니다. 이런 판단과 결정을 하는 사람은 적어도 최고의 배우자 항목 중 여러 항목에 해당하는 성품을 가졌을 확률이 높습니다. 1번 다정다감하고 자상한 사람, 위로하는 사람이기도 하고 3번 배려심이 강하고 타인에게 공감하는 사람에 해당합니다. 아내에게 공감하

151

는 마음이 있기 때문입니다. 아내를 지켜주는 행위 자체도 위로라고 할 수 있습니다. 4번 처음과 끝이 한결같은 사람은 어떤가요? 해당하죠. 백년가약을 지켜냈으니 말이다. 또한 10번 자신감이 넘치고 의욕적인 사람이기도 합니다. 문제를 능동적으로 해결했으니까요(갑자기 '자화자찬'이 되고 말았네요. 고의적인 의도는 아닙니다).

아내는 적어도 자신을 보호해주는 남자, 그것도 자신의 부모로부터 보호해주는 남자에게 고마움 이상으로 신뢰하고 의지하지 않을까요. 조금 미흡해도 이해해주려는 마음도 생기겠지요. 어떤 선택도 하지 않는 것 또한 선택이라고 할 수 있습니다. 비선택을 선택한 것이니까요. 특히 고부갈등에 있어서 어떤 선택도 하지 않는 배우자는 최악의 배우자가 된다는 것을 잊지 말아야 합니다.

"여보, 나는 어떤 배우자에 속해?"

내심 기대하고 아내에게 물어보았다.

"음, 부모님께 반항하면서까지 나를 지켰으니까… 지나치게 집착하는 사람?"

"'최악의 배우자' 말고 '최고의 배우자'에서 고르라고!"

시어머니가 아니라
소녀가 되세요

고부갈등을 얘기하면 꼭 나오는 말 중에 '며느리도 언젠가 시어머니가 된다'라는 말이 있습니다. 여기엔 두 가지 의미가 있습니다. 하나는 언젠가 시어머니가 되어 보면 시어머니 심정을 이해한다는 뜻이고, 다른 하나는 '나중에 시어머니가 되어서 어떻게 할 건가'라는 질문의 의미가 내포되어 있습니다. 재밌는 건 자꾸 무슨 역할에 대해 말한다는 것입니다. 아들의 아내도 며느리가 되려고 결혼한 게 아니듯, 아들의 어머니도 시어머니가 되려고 결혼한 것도, 아들을 결혼시킨 것도 아닌데 말이죠.

예전에는 며느리의 시집살이가 고달프다는 얘기가 많았

는데 요즘은 똑똑한 며느리를 못 당하겠다며 오히려 며느리 눈치를 본다는 시어머니의 '며느리살이'라는 말이 생겨났습니다. 며느리가 시집살이를 원한 것도, 시어머니가 며느리살이를 원한 것도 아닌데 왜 이 고생을 하는 건가요? 요즘 힐링 에세이 주제가 '나' 아닌가요? '나답게, 나로 살자' 뭐, 이런 것들이요. 진심으로 나를 찾을 기회는 나 자신에게 있습니다. 특히 시어머니의 '며느리살이'는 무슨 의미가 있을까요. 며느리는 자신의 의도와 상관없이 웃어른 때문에 '시집살이'를 한다지만 시어머니는 자신이 스스로 선택한 것입니다. 촛불에 손을 대고 "앗, 뜨거워!" 하면서도 다시 손을 대는 어리석은 행위의 반복입니다.

매슬로의 욕구이론 이후에 앨더퍼는 ERG이론을 주장하며 5개의 욕구를 '존재(Existence), 관계(Relatedness), 성장(Growth)'이라는 3가지 욕구로 묶었습니다. 매슬로의 1, 2단계를 존재에 대한 욕구로, 2~4단계를 관계에 대한 욕구로 4~5단계를 성장에 대한 욕구로 말이죠.

결혼해 남편과 함께 생존에 필요한 일을 하고 생명을 이어가며(1단계) 치안이 좋다는 대한민국에서 안전하게(2단계) 살아가고 있습니다. 이렇게 존재의 욕구는 충족되었다고 볼 수 있습니다. 그리고 관계의 욕구 중 3단계인 애정/소속감의 욕구는 부모의 사랑을 받고 가정에서 소속감을 느끼며 충족됩니다. 사실 1~3단계는 부모님과 살고 있을 때도 유지되는 경우가 많아서 특별할 것 없다고 느낄 수도 있습니다. 물론 기본적인 1~3단계부터 위협을 받는 상황이어서 결혼을 통해 이 두 단계에 대한 욕구를 충족하려는 경우도 있습니다. 3단계는 연애를 하고 결혼하는 과정에 해당합니다. 사랑받는 욕구가 충족되어 이것을 지속하고자 결혼을 결심하고 가정이라는 소속감도 채워집니다. 다음 4단계 존중의 욕구는 다른 사람에게 칭찬받고 싶은 욕구, 인정받고 싶은 욕구입니다. 그러나 현실은 결혼한 후 3단계부터 서서히 문제가 발견되고 4단계에 들어와 확연히 드러나게 됩니다. 안타까운 것은 남편이 한량이거나 폭력성이 있다면 기대했던 1, 2단계의 욕구마저 위기를 겪는 경우입니다.

앞서 말했듯이 1~3단계는 미혼 시절 부모와 함께 있을 때도 충족이 된 경우 별 감흥이 없을 수 있지만, 3단계 욕구가 가족이 아닌 타인을 통해 얻어지는 건 처음 겪게 되므로 황홀한 기분에 빠지게 됩니다. 그러다가 신혼 때 그나마 유지되던 것이 육아와 시댁과의 관계 속에서 육체적으로 정신적으로 치이고 지치면서 남편과 사랑을 확인할 기회가 현격히 떨어지고 좌절을 느끼게 되죠. 그렇게 현실의 무게에

힘겨워할 때 3단계 욕구를 채워줬던 사람이 더는 애정표현을 하지 않고 가정을 유지할 수 없는 행적을 보일 때는 완전히 좌절에 빠집니다. 이렇다 보니 4단계의 욕구는 거의 기대하지 않습니다. 애정표현이 없는 남편은 칭찬에도 인색합니다. 그리고 바람피우는 사람이 아내를 인정했다면 바람을 피웠을까요? 그런 상황에서 시댁과의 고부갈등이 더해지면 거의 포기하게 됩니다.

너무 어두운 얘기만 했나요? 일반적으로는 이 모든 단계가 대체로 만족스러운 경우도 많습니다. 얄밉고 부럽지만 분명 있습니다. 그리고 조금은 부족하지만 실망스러운 정도는 아니라고 생각한다는 아내도 있을 것입니다.

저는 어떤 경우든 5단계로 나아가야 한다고 생각합니다. 꼭 자녀를 결혼시킨 후가 아니라 결혼 시작과 동시에 5단계로 넘어가는 것도 좋습니다. 물론 자투리 시간을 활용해서 시작해야 할지도 모르지만 시작은 빠르면 빠를수록 좋습니다. 늦더라도 자녀를 결혼시킨 후에는 반드시 5단계로 넘어가야 합니다. 그 꿈이 아들과 평생 함께 사는 것이 아니라면 말이죠. 사실 그건 자아실현과 무관합니다. 5단계 자아실현의 욕구는 자신의 역할과 관련된 문제가 아니라 영혼의 본질적 욕구에 대한 문제니까 말이죠. 이것은 오롯이 자신에게 집중하는 욕구입니다. 안타깝게도 고부갈등을 유발하는 시어머니는 이것을 잘 구분하지 못하고 구분하려 하지도 않는다는 것입니다. 그래서 말씀드리고 싶습니다. 어릴 적 소녀 시절의 나의 꿈을 다시 불러보라고 말이죠. 시어머니 안에서 잠자고 있던 그 소녀는 언젠가 자신을 깨워주길 기다리고 있습니다. 내 안의 소녀가 깨어나면 알려줄 것입니다. 무엇을 해야 할지 말이죠. 그것을 찾아 그 길을 갈 때 비로소 자신의 인생이 완성됩니다. 제발 아들과 며느리를 통해 무엇을 얻으려 하지 말고 자신 안의 소녀를 깨워서 함께 채워나가길 바랍니다.

이것이 우리가 태어난 이유이자 행복입니다. 부디 시어머니가 되려 하지 말고 소녀가 되기를 바랍니다.

셀프효도에서부터
셀프제사까지

　　　　자식은 부모님께 셀프효도를 해야 합니다.
마찬가지로 부모님은 조부모님께 셀프효도를 해야 합니다.
조부모님께서 돌아가셨다면 셀프제사를 하는 게 맞습니다.
조상이 안 계셨으면 지금의 우리(직계 자손)는 존재하지 않
는 거니까요. 물론 제사 자체를 부정하시는 분은 각자의 신
념에 따라 하시면 됩니다. 고부갈등에서 유독 제사나 명절
과 관련된 스트레스가 많기에 다뤄보고 싶었습니다.
　　제사에 관한 속담 중에 눈여겨보아야 할 속담 하나가 있
습니다.
　　'우장을 입고 제사를 지내도 제 정성'

몸에 걸칠 것이 없어서 볏짚으로 엮은 우장을 입고 제사를 지내도 정성만 지극하면 된다는 뜻입니다. 중요한 것은 형식이 아니라 정성스러운 마음임을 이르는 말이죠. 그런데도 우리는 내 정성이 아닌 타인(며느리)의 정성으로 제사를 지내느라 늘 티격태격합니다. 돌아가신 부모라도 바라는 건 매한가지입니다. 형제자매 간에 화목하게 지내는 거죠. 부모에겐 잘잘못을 떠나서 모두 내 자식이라서 어느 편을 들 수도 없습니다. 형제자매가 사이좋게 지내는 것도 효도입니다. 그러니 돌아가신 조상을 모시는 일에 잡음이 생기고 티격태격하는 모습이 좋을 리 없습니다. 후손이 자신의 제사 문제로 다툰다면 조상님 마음은 편할까요. 차라리 라면 하나 드시더라도 하하 호호 웃다가 가시는 게 낫습니다. 복 받으려는 마음보다 정성으로 올린 음식이 더 의미 있습니다. 음식 가지 수에 집착하는 것이 무슨 의미가 있나요, 정성이 없는데 말이죠.

영혼의 유무, 제사의 타당성, 종교적 관점보다 위의 관점에서 어떤 선택을 할지 고민해 보는 게 더 현실적이고, 합리적이라는 생각입니다. 어차피 기독교의 유일신 사상이라든지 유교의 제사라든지 이런 것들은 모두 수입품이니까요. 그렇다고 모두 배척할 필요는 없습니다. 다만, 본질을 잃지 말자는 얘기입니다.

　조상이 살아생전에 해물파전을 좋아하셨으면 올려도 됩니다. 해물파전이 못 먹을 음식은 아니지 않습니까. 특히 비 오는 날엔 막걸리도 함께 올려드리면 어떨까요? 산 사람들은 비 오는 날 막걸리집으로 우르르 몰려가지 않나요. 산 사람에게 맛있는 건 조상님께도 맛있을 겁니다. 규칙은 깨라고 있다죠? 그걸 떠나서 음식상을 차리는 것과 제사상이 다르지 않을 거로 생각합니다. 살아계실 때와 돌아가셨을 때 차리는 방식이 다를 이유가 뭐 있습니까. 음식은 먹기 위해 차리는 겁니다. 자신이 먹을 밥과 국은 내 앞에 두는 게 좋겠지만 다른 음식은 어떤 순서나 배치의 원칙이 있나요. 드시기 편하게 놓아드린다 생각하면 되지 않을까요? 기교보다 정성이 중요하니까요.

　결국 제사라는 것도 사람이 만든 겁니다. 조상이 내려와서 이렇게 해라, 저렇게 하라 가르쳤을까 봐요? 조상이 살아생전에 좋아하셨는데 돌아가신 뒤로는 안 좋아하실까 봐 못 올리나요? 좋아하시는지 안 좋아하시는지 알지도 못하는 음식도 우리 맘대로 올리고서는 맛있게 드시라고 하면서 최애 음식을 왜 빼나요. 그리고 장소 문제인데요. 여행 가서 밥 안 먹나요? 안 그럼 해외여행 가서 굶어 죽게요? 밥은 어디서 먹어도 됩니다. 조상님도 어디서든 드시기만 하면 됩니다.

또 하나, 제사 음식을 사서 차려도 괜찮습니다. 요새 장례식장에 가서 올리는 제사상은 모두 장례식장에서 준비해 줍니다. 즉 돈을 지불한다는 것을 의미하지요. 그건 되고 집에서 음식 사다가 올리는 제사는 안 된다는 생각은 앞뒤가 맞지 않습니다. 예전에는 장례를 집이 아닌 병원에서 지낼 거라고 생각이나 했겠습니까? 시대는 변하고 변화에 적응하고 사는 게 무조건 좋은 것은 아니겠지만 나쁘다고도 할 수 없습니다. 그렇다고 정성을 억지로 강요할 수도 없습니다. 다만, 산 사람도 극진히 식사 대접을 받으면 고마움을 느끼듯, 돌아가신 조상님도 자손이 정성 들여 제사상을 차려드린다면 무슨 말이 필요할까요. 며느리도 남자들이 함께 하면 괜찮다고 하는 분들도 많습니다. 남자는 다 차려진 밥상에 숟가락만 들려고 해서 괘씸해서 그런 겁니다. 남의 조상도 아닌 본인 조상인데 말이죠.

가톨릭에서도 제사는 미신이 아니라 조상에 대한 감사로 특별히 한국에만 허용되는 가톨릭 문화로 인정한다고 합니다. 결국 형식보다 마음이라는 거겠죠. 얼마 전까지도 함께 울고 웃던 부모가 돌아가셨다고 귀신 취급하며 귀신 밥상은 차릴 수 없다는 식으로 돌변하는 것이 자연스러운 건지 모르겠습니다.

제사에 대한 오해도 많고 탈도 많습니다. 종교적 신념 때문에 대립하기도 하고요. 하물며 대립하는 두 개념을 서로 주장하는 경우 어느 쪽도 증명할 길이 없다면 어떤 것을 선택하든 무슨 상관인가요? 조상이 와서 정말 드시고 가시는지, 택도 없는 소리인지 증명할 수 있나요? 이건 마치 한 사람은 앞면이 동전이고 뒷면은 동전이 아니라 하고 다른 한 사람은 뒷면이 동전이고 앞면이 아니라며 싸우는 꼴입니다.

마찬가지로 며느리는 지금의 자신이 있도록 해주신 자신의 조상님께 더 감사해야 합니다. 제사에 대해서 각 집마다 가풍이 있고 신념이 다르니 배 놔라 감 놔라 할 건 아니라고 봅니다. 중국 왕 조갑이 만들고 공자가 유교 문화에 정착시킨 제사를 마치 우리 고유의 문화인 양 이 문제로 가족끼리 죽자고 싸우지 말자는 겁니다. 내 조상님 제사 지내자고 집안 분위기를 초상집으로 만들고 '살아있는 며느리'를 제물로 삼지는 맙시다. 이건 마치 심청이 한 몸 희생해서 조상 덕 보자는 것입니다. 심청이는 아버지를 위해 희생했다고는 하나 며느리는 한 번도 뵌 적 없는 남의 조상 덕 보자고 희생물이 되는 것입니다.

　　즐거운 마음으로 만든 음식과 화목한 분위기로 올려진 제사가 아마 조상님께서 원하는 제사가 아닐까요?

남편들이여,
깨어나라

　　　사실 애초에 고부갈등은 시어머니와 며느
리의 문제인 것 같지만 실상은 시아버지, 시어머니, 시아주
버니, 시동생, 시누이 중 누구와도 겪게 되는 문제입니다.
대체로 요즘은 시어머니가 시댁을 대표하는 분위기 때문에
시어머니와의 갈등이 대부분이라 생각합니다. 그러나 자세
히 들여다보면 시아버지를 비롯해 형제, 자매, 남편까지 최
악에는 친인척까지 동조하고 있습니다. 우선 다른 가족은
차치하고 시아버지의 침묵은 참으로 안타깝습니다. '며느리
사랑은 시아버지'라는 데 꼭 그렇지도 않은 것 같습니다.
고부갈등 속에서 보통의 시아버지는 침묵과 방관을 일삼습

니다. 왜냐하면 시아버지는 가정에서 파워가 없기 때문입니다. 아니, 시어머니의 파워가 더 셉니다. 남자가 은퇴할 시기가 되면 아내가 가정의 주도권을 갖는 경우가 많습니다. 이런저런 이유로 시아버지에게 고부갈등에 대한 해법을 기대하기는 어렵다는 생각이 듭니다. 해법은 고사하고 며느리가 시아버지의 사랑을 체감할 수가 없습니다. 결국 고부갈등이 발생하고 있다는 것은 시아버지가 며느리를 아끼지 않거나 시어머니라는 벽에 막혀 그 마음을 표현하지 못하고 있다는 것 아닌가요. 어쩌면 시어머니도 젊은 시절에 시집살이로 마음고생을 많이 했을 텐데 그 당시 시아버지는 남편으로서 어떠한 역할도 하지 못한 것이 분명합니다. 그래서 현재 고통을 겪고 있는 아내와 며느리의 고부갈등에 더욱이 관여하지 못하는 것이 아닐까요. 몰라서 또는 끼어들 자격이 없다고 생각해서 말이죠. 사실 한 번의 실수는 그것으로 끝내야 합니다. 실수에서 배우지 못한 것이 더욱 어리석은 것입니다. 실수는 하되 반복하지 말아야 합니다. 그렇다면 더더욱 아들의 가정에 위협이 되는 요소를 적극적으로 없애거나 해결해줘야 합니다. 그리고 아들에게도 가르쳐야 합니다. 자신의 실수를 따라 하지 않도록 말이죠. 황당한 건 오히려, 시아버지가 아내에 맞장구치며 동조하는 경우도 있습니다. 이것도 서러운데 그것을 넘어서 시아버지가 시어머니보다 더 극성인 경우도 드물지만 있고요. 고부갈등을 주도하는 경우도 생각보다 많습니다. 이런 경우는 부창부수라 결국 부모님께는 기대할 수 없다고 봐야 합니다. 결론적으로 남자는 자신의 가정을 꾸리고 난 후엔 가정의 행복을 침해하는 외부적인 요소에 대해서는 처음부터 적극적으로 대응해야 합니다. 그래야 내 가정도 아들의 가정도 지킬 수 있습니다. 도미노 게임은 앞의 도미노가 넘어지면 뒤의 도미노도 당연히 넘어집니다.

과학자 론 화이트헤드의 연구에 따르면 하나의 도미노 블록은 자신보다 약 1.5배 큰 도미노를 쓰러뜨릴 수 있다고 합니다. 웬만한 의지로는 막기 힘들다는 얘기입니다. 그래서 처음부터 넘어지지 않는 것이 중요합니다. 만약 내 가정을 잘 지킬 수 있다면 아들의 가정도 넘어지지 않을 것입니다. 아들로서 만약 아버지께서 고부갈등을 막아주지 못하신다면 어쩔 수 없습니다. 아버지는 포기하고 이제 결혼 생활을 시작한 나부터 넘어지지 말아야 합니다. 앞에서 넘어진 도미노를 버티느라 1.5배는 더 힘이 들고 더 큰 의지가 필요했지만 저는 넘어지지 않았습니다. 이런 저로 인해 제 아들도 넘어지지 않을 것입니다. 이렇게 선순환이 되어야 합니다.

오해는 없기 바랍니다. 고부갈등의 문제가 생겼을 때 부모님께 반항하는 것이 핵심이 아닙니다. 부모님의 사랑이 전쟁을 일으킨다면 그것은 사랑이라는 이름으로 포장된 간섭일 것입니다. 그것을 잘 구분해서 내 가정을 지키는 것이 핵심입니다. '변화하지 않는 종은 사라진다'는 찰스 다윈의 진화론에 영향을 준 갈라파고스 섬에서 살아남는 종이 되려면 남자도 결혼과 가정이라는 섬에서 보다 더욱 적극적으로 진화해야 합니다. 혼란한 틈에 외부의 새로운 종이 내 가정에서 날뛰게 하지 않으려면 말이죠.

자식을 대하는
부모의 마음이란

아들이 태어나고 5살 때쯤 EBS에서 〈부모〉
라는 프로그램을 방영했습니다. 아내는 아침에 직장에 나가
고 저는 학원이 직장이라 오후에 출근하던 때였습니다. 그
래서 늦은 밤부터 새벽까지 아이를 돌보는 건 제 몫이었죠.
그 프로그램은 오전에 했는데 우연히 보게 되면서 부모 공
부를 하게 되었습니다. 제가 얻은 결론은 '아이는 부모의 사
랑으로 자란다, 문제아 뒤에 문제 부모가 있다'였습니다. 사
실 어른이라고 해도 아이를 낳고 키우는 건 처음이잖아요.
이런 교육, 진짜 삶과 관련된 교육은 각자 개인에게 맡겨놓
은 현 교육시스템이 아직도 이해되지 않습니다만, 저는 운

이 좋았던 것 같습니다. 엄밀히 말해 아이들이 운이 좋은 것이었겠네요. 그 프로그램을 시청하면서 나름대로 '자녀를 대하는 단계별 부모의 마음가짐'을 정리해 봤습니다.

태아기와 유아기 - 사랑으로

유년기 - 엄격히

사춘기 - 공감

성년기 - 무관심, 방목

중장년기 - 친구처럼

태아기와 유아기일 때는 사랑으로 태교를 하고 유아기 때는 똥오줌도 못 가리고 아무것도 모르는 시기이니 역시나 혼내기보다 사랑으로 감싸줘야 한다고 생각했습니다. 유년기 시절엔 '사랑의 매'로 가르쳤지요. 유년기는 유치원, 초등학교에서 늦게는 중고등학교 때까지로 봅니다. 기본적으로 사랑으로 대하지만 웃어른에 대한 기본 예의, 가족 간의 예의와 공공예절 등 더불어 사는 관계에 대한 부분에 대해서는 엄하게 가르쳤습니다. 그때 저는 아이들에게 이렇게 얘기했습니다.

"예의를 가르치느라 혼내는 아버지가 미우냐? 내가 사랑한다는 이유로 너희를 망치고 오히려 다른 사람들의 미움을 산다면 아빠는 기꺼이 너희에게 엄한 사람이 되겠다. 세상에 나가서 사랑받는 아이가 되어라."

체벌은 이렇게 했습니다. 먼저 왜 맞는지 그 이유를 알려줍니다. 그다음 손바닥으로 엉덩이를 때립니다. 중요한 원칙은 손바닥 외에 다른 도구를 사용하지 않는 것입니다. 손바닥을 통해 아이의 고통만큼 저에게도 통증이 전해집니다. 그래서 감정에 치우치는 걸 멈추게 해줍니다. 도구를 사용하면 내가 얼마나 세게 때리는지 감이 없어서 위험합니다. 그리고 엉덩이 외 다른 신체 부위를 때리지 않는 것입니다. 엉덩이는 고통을 느끼지만, 상해를 덜 입는 곳이기 때문입니다. 아이가 잘못했을 때 보통은 이런 대화가 오고 갑니다.

"잘못했어, 안 했어?"

"잘못했어요."

"그럼 다음부터 또 할 거야, 안 할 거야."

"안 할게요."

이런 대화가 반복되면 아이는 이런 생각을 합니다. '잘못했다, 안 하겠다'라고 말하기만 하면 부모는 나를 더 혼내지 않는구나 하고 말이죠. 나중에는 이걸 역으로 이용하게 됩니다. 아이는 반성 없이 그저 이 말을 반복할 뿐입니다.

여전히 체벌에 대해 반감이 있을 수 있습니다. 이런 분들은 자녀와 대화로 충분히 해결할 수 있다고 주장합니다. 인정합니다. 대화만으로도 훌륭하게 자랄 수 있는 아이가 분명 있습니다. 그러나 세상엔 그런 아이만 있는 게 아닙니다. 대화만으로 안 되는 아이도 있다는 것입니다. 방송에서 자녀교육 전문가이신 교육학 박사가 폭력은 안 된다면서 아이가 움직이지 못하도록 양팔을 강하게 붙잡는 것을 보았습니다. 제 눈에는 이것도 체벌입니다. 내가 너보다 힘이 더 세다는 폭력이고 또한 힘을 세게 주면 아이의 팔은 아픕니다. 단지 손으로 엉덩이를 때리는 것과 속도의 차이만 있을 뿐 뭐가 다른가요? 체벌은 마치 칼과 같습니다. 다른 사람을 해할 때 쓸 것인가 요리에 사용하여 맛있는 음식을 만들 것인가. 도구는 좋고 나쁨이 없습니다. 그것을 사용하는 사람의 의도에 달려있을 뿐입니다. 체벌도 마찬가지입니다. 사랑이 담겨 있느냐 아니냐의 문제로 봐야 합니다.

사춘기 때는 예민한 시기입니다. 감수성이 예민해지는 시기라 권위적인 힘을 빼고 아이의 말을 들어주고 위로를 하는 방식으로 바꿨습니다. 아들은 이 시기를 별일 없이 지나갔지만, 딸은 친구 관계로 힘들어했습니다. 이때 부모가 권위적이면 아이는 고민을 혼자 짊어지는 경우가 많습니다. 이 시기는 훈육과 체벌을 담당했던 저보다 아내의 역할이 컸습니다. 1~3단계의 공통점은 전반적으로 한 사람이 혼내면 다른 사람이 달래줬다는 점입니다. 아내가 혼을 낼 때도 있었습니다. 그때는 제가 아이를 달래고 얘기 상대가 되어주었습니다. 이렇게 가정에서 숨 쉴 틈을 줘야 아이가 밖으로 돌지 않습니다.

성년기엔 무관심해야 합니다. 저희는 마치 시계가 됩니다. 자식이 저희를 바라볼 때만 시간을 알려줍니다(괘종시계처럼 매 시간 울리지 않습니다). 저희는 단지 우리 자리를 지킬 뿐입니다. 이 시기는 자녀가 본격적인 사회활동이 시작되는 시기로 봅니다. 더 많은 사람을 만나고 다양한 경험을 하게 됩니다. 부득이하게 자취를 하게 돼서 독립하는 경우도 있습니다. 책임감 있게 행동하라는 메시지 말고는 크게 신경 쓰지 않습니다. 이 시기에는 부모의 말이 낯선 사람의 말보다 귀에 안 들어오는 것 같습니다. 툭하면 하는 말이 "제가 알아서 할게요"입니다. 하긴 저도 그랬습니다. 제멋대로 사는 재미를 막 누리는 시기니까요. 이 무관심은 자녀가 결혼해서까지 이어져야 합니다. 이 책에서 줄곧 해왔던 얘

172

기처럼 말이죠.

그러다가 자녀가 결혼하고 아이를 낳으면 마찬가지로 자기 자식을 결혼시켜 출가시키는 일련의 이 과정에서 차츰 부모를 이해하고 공감하기 시작합니다. 이때부터는 대화가 마치 친구처럼 편안해지고 부모님 말씀과 제 말이 닮아갑니다.

"사는 게 별것 없어."

"그러게요, 사는 게 별것 없네요."

인생이 뭐라고 너무 닦달하지 말자고요.

결혼은 성장의
기회입니다

　　　　한 인간의 성장은 인격체로서의 성장이 큰 줄기고, 가지로는 남편(아내)으로서의 성장, 부모로서의 성장, 시부모로서의 성장(핏줄이 아닌 타인을 가족으로 맞이하는 과정으로서의 성장)을 포함합니다. 이렇듯 결혼이란, 자신이 성장하고, 타인(배우자)의 성장을 돕는 과정을 통해 경험하고 얻은 지혜로 자식을 성장시키는 법을 배우고 실현하는 과정입니다.

　　시부모는 아들과 며느리가 성장하는 과정에서 간섭이 아닌 격려해 주는 역할을 할 뿐입니다. 내 아들이라도 성인이므로 직접적인 지시나 명령으로 훈육을 해서는 안 됩니다. 하물며 며느리는 말할 것도 없습니다. 최고의 교육은 아이가 재능을 찾아 발휘할 수 있도록 도전을 지켜봐주고 실수를 허용하고 격려와 칭찬을 해 주는 것입니다.

최고의 바이올리니스트 정경화 씨는 참가한 콩쿠르 예선에서 떨어져 집으로 돌아와 이불을 뒤집어쓰고 있었다고 합니다. 그때 어머니께서 방에 들어오시더니 밝은 목소리로 이렇게 말씀하셨다고 하죠.

"얘, 경화야. 3달 뒤에 오디션이 있는데 거기 들어가서 1등 할 수 있어."

정경화 씨는 어머니의 그 말씀에 당장 이불을 박차고 일어나서 바이올린 연습을 했다고 합니다. 그러면서 '아이들에게 실수할 기회를 줘라'라는 말을 덧붙였습니다.

"사람들이 자꾸 레전드 레전드 그러는데 근질근질해요, 내가 무슨 레전드야. 그렇지만, 무대에 올라가서 이게 저절로 나오느냐? 아니올시다. 얼마나 수억 번을 했으면 그렇게 됐겠어요."

그분의 인터뷰에서 수억 번이라는 말이 나왔습니다. 수억 번 연습해야, 아니 실제로 수억 번인지 아닌지는 모르겠으나 셀 수 없을 정도로 많은 실수와 연습 끝에 무대에 오를 수 있다는 얘기입니다. 이 말은 무대에 오르기 전에는 수억

번의 실수가 있어야 사람들의 기립박수를 받을 자격이 갖춰
진다는 뜻이죠.

사람도 단숨에 성장하는게 아닙니다. 수억 번은 아니어
도 수십 번, 수백 번은 실수하면서 몸소 배워갑니다. 몸만
어른인 채 결혼해서 아직 갈 길이 멉니다. 본격적으로 서로
가 성장할 기회를 주세요. 집 안의 화초 하나를 키워도 영양
제도 주고 물도 줍니다. 그러면서 말도 겁니다.

"아프지 말고 잘 자라라."

사람도 마찬가지입니다. 격려와 칭찬을 먹고 자랍니다.
비난과 꾸중은 해충입니다. 이런 의미에서 결혼은 성장할
수 있는 절호의 기회입니다. 부모는 이 기회를 막아서는 안
됩니다. 특히 자녀가 없을 때 서로에게 하는 이런 연습이 자
녀를 양육할 때 필요한 부모로서의 준비도 함께 됩니다. 이
것을 경험하고 깨닫지 못한다면 자녀가 생겼을 때 비난과
꾸중으로 키우게 되겠죠. 이런 의미에서 가정은 각 구성원
이 매슬로의 1~5단계를 충족할 수 있을 때 서로 유의미하
고 바람직하다고 할 수 있습니다. 존재와 관계의 욕구뿐 아
니라 특히 성장의 욕구, 즉 인정의 욕구와 자아실현의 욕구
를 채울 수 있도록 서로 돕는 관계가 되어야 합니다. 이 기
회를 서로에게 기꺼이 줄 수 있어야 합니다. 어쩌면 지금 고

부갈등의 주체인 시어머니도 이런 기회를 갖지 못하셨을 수도 있습니다. '못된 시어머니 닮는다'는 것도 이런 경험을 놓친 것이 원인이라고 할 수 있습니다. 자신의 시어머니로부터 비난과 꾸중을 받았으니 보고 배운 대로 할 수밖에요. 이제라도 늦지 않았습니다. 다행히 우린 예비 시부모잖아요. 내 가정을 위해 자녀의 가정을 위해 새로운 출발, 하자구요!

며느리는
백년손님

'사위는 백년손님'이라는 말이 있습니다. 여기서 백년손님은 '사위'만을 가리킵니다. 사실 이 뒤에는 연결된 문장이 더 있습니다.

'사위는 백 년 손이요, 며느리는 종신 식구라.'

사위와 며느리는 모두 남의 자식으로서 며느리는 제집 식구처럼 되고 사위는 영원한 손님이라는 뜻입니다. 며느리와 달리 사위는 장인, 장모에게 언제나 소홀히 대할 수 없는 존재임을 비유적으로 이르는 말이라고 합니다. 둘 다 남의 자식인데 사위는 왜 손님이고 며느리는 식모 취급을 받아야 합니까. 사위가 아들이 아니고 손님이듯 며느리는 딸이 아니고 마찬가지로 귀한 손님일 수는 없을까요? 이런 생각 끝에 우리가 만약 이런 생각을 가지게 된다면 어떨까 궁금해졌습니다.

'며느리는 백년손님.'

어떤가요? '무슨 말도 안 되는 소리'라고 느껴지나요, 아니면 '맞는 말이네'라는 생각이 드나요? 그렇다면 며느리가 백년손님인 이유를 조목조목 말해보겠습니다.

요새는 아니지만 (주례 없이 자신들의 다짐을 하객에게 전달하는 경우가 많더군요) 적어도 저희가 결혼할 때 주례사에 '백년해로(百年偕老)' 하라는 표현이 종종 쓰였습니다. 이는 부부의 인연을 맺어 평생을 같이 즐겁게 지낸다는 말입니다. 백년해로에서 백 년은 꼭 100년 동안을 말하는 것이 아니라 오랜 세월을 의미합니다. 며느리는 남인데 내 아들과 백 년을 함께 산다고 합니다. 그러니 백 년 동안 머무는 손님입니다. 사위도 내 딸과 결혼해서 '백년해로' 하는 '백년손님'이라면, 며느리도 내 아들과 결혼해서 '백년해로' 하는 '백년손님'입니다. 다를 게 뭐가 있나요?

갑자기 생각을 어떻게 바꿀 수 있냐고 할 수도 있겠습니다. 고정관념을 버리고 관점을 바꾸세요. 손님이라고 자꾸 말하면 손님처럼 대하는 마음이 생깁니다. 그러면 '딸 같은 며느리'라는 건 맞는 말일까요. 며느리가 딸이 되려면 시부모가 먼저 부모가 되어야 합니다. 부모가 되려면 그 사람을 낳거나 길러야 합니다. 일단, 시부모는 며느리를 낳지 않았습니다. 부모가 되는 다른 방법은 입양을 하고 길러야 합니다. 그런데 역시나 시부모는 며느리를 입양하지도 기르지도 않았습니다. 낳은 정도 기른 정도 없는 완벽한 타인입니다. 며느리는 아들과 이혼하는 순간 당연하다는 듯 남이 됩니다. 이래도 며느리가 딸이라고 할 수 있을까요? 너무 매정한 해석인가요? 딸같이 이뻐해 준다는 표현 정도는 이해할 수 있습니다. 딱 거기까지입니다. 과잉해석은 하지 않는 게 좋겠습니다. 며느리와 관련된 속담만 봐도 알 수 있습니다. '봄볕은 며느리 쬐이고 가을볕은 딸을 쬐인다, 배 썩은 것은 딸 주고 밤 썩은 것은 며느리 준다.' 며느리를 딸처럼 생각한다고 말하지만, 사실이 아니니 말과 행동이 다를 수밖에 없습니다.

며느리는 딸이 아니고 사위는 아들이 아닙니다. 며느리는 며느리, 사위는 사위입니다. 그렇기 때문에 남으로 보는 게 맞습니다. 누구든 집에 온 손님이라고 보면 됩니다. 이제는 며느리도 사위처럼 손님 대접을 해줘야 합니다. 주인과 손님의 관계는 적당한 예의와 거리를 두면서 서로 조심해야 한다는 걸 의미합니다. 어쩌면 우리가 고부갈등을 겪는 가장 큰 이유는 '손님'의 개념이 없기 때문입니다. 이런 대화를 상상해 봅니다.

　"여보, 내일 며느리 온다네."

　"며느리 온다고? 알았어, 토종닭 사 갈게."

키워드는 '배려'와 '행복'

독자들은 궁금해할 수도 있겠습니다. 시어머니가 될 아내가 아닌 시아버지가 될 제가 이 글들을 쓰는 이유를 말이죠. 고부갈등을 보면서 어쩌면 해결책은 시아버지 아니면 며느리의 남편인 아들에게 있는 것은 아닐까 하는 생각이 들었습니다. 특히 저희 부부의 경우, 처음엔 시어머니와 며느리의 갈등이 점차 시아버지, 시누이에게로 번졌습니다. '부부는 일심동체, 팔은 안으로 굽는다'고 했던가요? 어쩌면 당연한 수순인지도 모르겠습니다.

저 또한 '부부는 일심동체'에 더 큰 영향을 받아서 셀프효도를 선택했습니다. 그 후로 어머니와 아내는 고부갈등으로 인한 가정의 불화, 스트레스에서 벗어났습니다. 어머니와 아내가 별수를 다 써도 해결이 되지 않던 게 한순간 해결되었습니다. 물론 어머니는 처음엔 서운한 티를 많이 내셨지만, 아내가 시아버지, 시누이와도 마찰이 있었기에 결국 오히려 이게 낫다고 생각하시게 되었습니다. 저 또한 일과 가정에 오롯이 집중할 수 있게 되었음은 말할 것도 없고요.

저는 아들, 딸 하나씩 키우는 애비입니다. 이 책을 쓰게 된 것은 두 가지 이유 때문입니다. 하나는 아들과 결혼할 며느리에게 걱정하지 말라고 얘기해 주고 싶었습니다. 또 하나는 딸이 결혼해서 며느리가 될 처부모께서 변화를 받아들이는 어른이 되시길 바라는 마음에서입니다. 사실 셀프효도를 하는 입장에서 서로의 완전한 독립을 주장했고, 남편들에게도 셀프효도를 권했지만 핵심은 그게 아닙니다.

'배려'와 '행복'

인간관계에 있어 제일 중요한 기준은 '배려'이고, 삶에서 추구해야 할 1순위는 '행복'입니다. 이것이 가능하다면 반드시 완전한 독립과 셀프효도를 해야 하는 것은 아닙니다.

나무는 여러 종류가 있고 저마다 다른 꽃과 열매를 맺습니다. 그렇지만 '뿌리'와 '줄기'는 공통인 것입니다. 만약 신이 있다면 '뿌리'와 '줄기'에 다양한 꽃과 열매를 맺도록 설계한 것 아닌가 싶습니다. 마찬가지로 우리는 '배려'와 '행복'이라는 공통의 '뿌리'와 '줄기'에 다양한 형태의 관계를 맺을 수 있는 것입니다. 부디 각자의 상황에 맞는 꽃과 열매를 맺으시기 바랍니다.

이런저런 얘기가 많았지만, 이것만은 알았으면 합니다. 결국은 자녀를 사랑해서 독립시키는 것이라는 걸요. 부모가 자식을 처음부터 끝까지 평생을 사랑하지 않을 이유가 없으니까요.

사실 질투는 저희만 하는 게 아니라 며느리도 할 것입니다. 그래서 며느리가 이런 질문은 하지 않았으면 합니다. 손주가 태어나고 아들 사진과 아이 사진을 보면서 꼭 이런 질문을 합니다. "어머니, 아들과 손주 중에 누가 더 귀여웠어요?"라고 말이죠. 저희는 당연히 "내 아들이 귀여웠지"라고 대답할 것입니다. 이건 사실 질투할 것도 아니죠. 며느리에게 '제 자식(우리에겐 손주)'이 귀엽듯이 저희가 내 자식(아들)이 귀엽다고 하는 건 너무 당연한 거니까요. 만약 이 대답에 질투가 일어날 것 같으면 아예 질문을 안 했으면 하는 부탁입니다.

사람, 쉽게 변하지 않는다고들 합니다. 애써 변하고자 하는 사람도 쉽게 변하지 못하는데 하물며 변하고자 하는 마음조차 없는 사람은 말할 것도 없습니다. 아들이 아직 대학생이라서 언제 결혼할지는 모르겠습니다. 다만, 이 책은 제 생각을 정리하고 두고두고 곁에 두어 제 마음을 다지기 위한 것이기도 합니다. 쉽게 변할지 아닐지는 아직 모르지만, 지금까지 그래왔던 것처럼 최소한 '애써'보려 합니다.

이런 질문을 할 수도 있겠습니다.

"아직도 부모님을 원망하나요?"

저는 대답 대신 부모님께 이 말씀을 전하고 싶습니다.

"낳아주시고 길러주셔서 감사합니다. 사랑합니다. 또 찾아뵙겠습니다!"

그리고 아들과 딸에게 얘기해 주고 싶습니다.

"부모는 '아낌없이 주는 나무'란다. 나무는 한 소년에게 쉴 수 있는 그림자를 제공하고 열매인 사과와 가지, 줄기까지 내어주고 노년이 된 소년에게 더 줄 것이 없지만 줄기가 잘리고 남은 밑동에 앉아 쉬라고 한다. 아들아, 딸아! 너무 힘들면 다른 곳에 가서 기대려 하지 마라. 다 내어주고 줄 것이 없어도 네가 웃을 수만 있다면 늙고 말라 흐물흐물해진 다리라도 머리를 누일 수 있게 내어주고 숨이 차 한 마디도 끊어서 불러야 한대도 자장가를 불러줄 사람이 부모란다. 우리는 너의 뿌리다. 뿌리는 어디 가지 않고 그 자리를 항상 지킨단다. 기대고 쉴 곳이 필요하면 언제라도 와도 좋다."

책을 다 쓰고 나니 한편으론 헛웃음이 나옵니다. 내가 이 얘기를 하려고 그 고생을 했나 싶어서요. 혹여나 동의할 수 없다고 생각되는 내용이 있더라도 노여워하지 마시기 바랍니다. 웃자고 한 얘기에 죽자고 달려들 필요는 없으니까요. 찰리 채플린의 말처럼 인생은 가까이서 보면 비극이지만, 멀리서 보면 희극입니다.

저는 이 모든 상황을 멀리서 보고 있습니다. 저는 분명 희극을 썼으니까 그냥 즐기며 읽으시면 되겠습니다. 어제 웃으셨나요? 그럼 오늘 웃으셨나요? 아니, 지금 웃지 않으면 대체 언제 웃으시려고요! 웃으며 즐겁게 삽시다. 인생, 그리 길지 않습니다. 그렇기에 자신의 삶에 대한 배려 또한 잊지 말아야 합니다. 그래야 행복할 수 있고, 그것이 바로 내 부모님에 대한 효도니까요.

마지막으로 저보다 앞서 솔선수범하고 계신 시부모분들이 있는 것으로 알고 있습니다. 어떻게 보면 저는 그분들의 따라쟁이일 수도 있습니다. 따라쟁이라도 괜찮다고 생각합니다. '성공한 사람을 따라 하라. 그러면 성공할 것이다'라는 말이 있듯 제대로만 따라 한다면 좋은 결과가 있을 거라 기대합니다. 다음에 소개하는 글은 이름 모를 어느 시어머니께서 남기신 고백입니다. 그분의 이야기로 이 책을 끝맺고자 합니다.

어느 시어머니의 고백

아들아,

결혼할 때 부모 잘 모시는 여자 택하지 마라. 너는 엄마
랑 살고 싶겠지만 엄마는 이제 너를 벗어나 엄마가 아닌 한
인간으로 살고 싶단다. 엄마한테 효도하는 며느리를 원하지
마라. 효도는 너 잘사는 걸로 족하다. 네 아내가 엄마 흉을
보거든 너 속상한 거 충분히 이해하니까 그걸 엄마한테 옮
기지 말아라. 엄마도 사람인데 알고 기분 좋겠느냐. 모르는
게 약이란 걸 백 번 곱씹고 엄마한테 옮기지 마라.

아들아, 내 사랑하는 아들아!

나는 널 낳고 키우느라 평생을 바쳤거늘 널 위해선 당장 죽어도 서운한 게 없겠다. 네 아내는 그렇지 않다는 걸 조금은 이해하거라. 너도 네 장모를 위해서 네 엄마만큼은 아니지 않겠니.

아들아,

혹시 어미가 가난하고 약해지거든 조금은 보태다오. 널 위해 평생 바친 엄마이지 않느냐. 그것은 아들의 도리가 아니라 사람의 도리가 아니겠니. 독거노인을 위해 봉사하는 사람들도 있는데 어미가 가난하고 약해졌을 때 자식인 네가 돌보지 않는다면 어미는 얼마나 서럽겠느냐. 널 위해 희생했다 생각지는 않지만 내가 자식을 잘못 키웠다는 자책은 들지 않겠니?

아들아,

명절이나 어미 애비 생일은 좀 챙겨주면 안 되겠니? 네 생일 여태까지 한 번도 잊은 적 없이 그날 되면 배 아파 낳은 그때 그 느낌 그대로 꿈엔들 잊은 적 없는데 네 아내에게 떠밀지 말고 네가 챙겨주면 안 되겠니? 받고 싶은 욕심이 아니라 잊혀지고 싶지 않은 어미의 욕심이란다.

아들아,

내 사랑하는 아들아. 이름만 불러도 눈물 아련한 아들아. 네 아내가 이 어미에게 효도하길 바란다면 네가 먼저 네 장모에게 잘 하려무나. 네가 고른 아내라면 너의 고마움을 알고 내게도 잘하지 않겠니? 난 내 아들의 안목을 믿는다.

딸랑이 흔들면 까르르 웃던 내 아들아,

가슴에 속속들이 스며드는 내 아들아. 그런데 네 여동생 그 애도 언젠가 시집을 가겠지. 그러면 네 아내와 같은 위치가 되지 않겠니? 항상 네 아내를 네 여동생과 비교해 보거라. 네 여동생이 힘들면 네 아내도 힘든 거란다.

내 아들아, 내 피눈물 같은 아들아,

내 행복이 네 행복이 아니라 네 행복이 내 행복이거늘 혹여 나 때문에 너희 가정에 해가 되거든 나를 잊어다오. 그건 어미의 모정이란다. 너를 위해 목숨도 아깝지 않은 어미인데 너의 행복을 위해 무엇인들 아깝겠니. 물론 서운하겠지. 힘들겠지. 그러나 죽음보다 힘들겠느냐.

그러나 아들아,

네가 가정을 이룬 후 어미 애비를 이용하지는 말아다오. 평생 너희 행복을 위해 몸과 마음을 바쳐 온 부모다. 이제는 어미 애비가 좀 편안히 살아도 되지 않겠니. 너희 힘든 건 너희들이 알아서 헤쳐가렴. 늙은 어미 애비 이제 좀 쉬면서 삶을 마감하게 해다오. 너의 어미 애비도 부족하게 살면서 힘들게 산 인생이다. 그러니 너희 힘든 거 너희들이 해결하며 살아다오. 다소 늙은 어미 애비가 너희 기준에 미치지 못하더라도 그건 살아오면서 미처 따라가지 못한 삶의 시간이란 걸 너희도 좀 이해해다오. 우리도 여태 너희들 이해하기 위해 노력하지 않았니? 너희도 우리를 조금은 이해하기 위해 노력하면 안 되겠니? 너희들이 이해되지 않는 부분들은 한 귀로 듣고 한 귀로 흘리렴. 우린 그걸 모른단다. 모르는 게 약이란다.

아들아,

우리가 원하는 건 너희의 행복이란다. 그러나 너희도 늙은 어미 애비의 행복을 침해하지 말아다오. 손주 길러 달라는 말하지 말거라. 너보다 더 귀하고 예쁜 손주지만, 매일 보고 싶은 손주들이지만 늙어가는 나는 내 인생도 중요하더구나. 강요하거나 은근히 말하지 마라. 날 나쁜 시어미로 몰지 말아라. 내가 널 온전히 길러 목숨마저 아깝지 않듯이 너도 네 자식 온전히 길러 사랑을 느끼거라.

아들아,
사랑한다. 목숨보다 더 사랑한다. 그러나 목숨을 바치지 않을 정도에서는 내 인생도 중요하구나.